オペラ対訳
ライブラリー

DONIZETTI
Lucia
di
Lammermoor

ドニゼッティ
ランメルモールのルチーア

坂本鉄男=訳

音楽之友社

本シリーズは、従来のオペラ台本対訳と異なり、台詞を数行単位でブロック分けして対訳を進める方式を採用しています。これは、オペラを聴きながら原文と訳文を同時に追える便宜を優先したためです。そのため、訳文には、構文上若干の問題が生じている場合もありますが、ご了承くださるようお願いいたします。

ドニゼッティ《ランメルモールのルチーア》目次

あらすじ 5
まえがきとこの本をお読みになる際の注意 11
主要登場人物および舞台設定 14
主要人物歌唱場面一覧 15

対訳
第1部 **PARTE PRIMA** 旅立ち **LA PARTENZA** 18
第1場 お前たちは駆け巡るのだ　近くの浜辺を
　　　　Percorrete le spiagge vicine（ノルマンノ）・・・・・・・・・・・・・・・・・・18
第2場 貴方様は心が乱れておいでだ　Tu sei turbato?（ノルマンノ）・・・・・・・・19
　　　　残酷で…不吉ないらだちを　Cruda... funesta smania（エンリーコ）・・・・23
第3場 貴方の疑いは今や確かなものになりました
　　　　Il tuo dubbio è ormai certezza（コーラス）・・・・・・・・・・・・・・・・・・24
　　　　あれ｛＝ルチーア｝のための慈悲心が
　　　　La pietade in suo favore（エンリーコ）・・・・・・・・・・・・・・・・・・・・26
第4場 まだいらっしゃっておられない！　Ancor non giunse!...（ルチーア）・・・・27
　　　　沈黙のうちに支配していました　Regnava nel silenzio（ルチーア）・・・29
　　　　あの方は、一番激しい恋の　Quando rapito in estasi（ルチーア）・・・・・・30
第5場 ルチーア、許してくれ　Lucia, perdona（エドガルド）・・・・・・・・・・・・31
　　　　裏切られた父上が　Sulla tomba che rinserra（エドガルド）・・・・34
　　　　ここで、花嫁の永遠の忠誠を　Qui, di sposa eterna fede（エドガルド）・・・・・35

第2部 **PARTE SECONDA** 結婚の契約 **IL CONTRATTO NUZIALE** 40
第1幕 **ATTO PRIMO** 40
第1場 ルチーア様はまもなく貴方様のところにお出でなさいます
　　　　Lucia fra poco a te verrà（ノルマンノ）・・・・・・・・・・・・・・・・・・・・40
第2場 こちらにお出で、ルチーア　Appressati, Lucia（エンリーコ）・・・・・・42
　　　　私は涙に明け暮れ…苦悩に身もやつれながらも…
　　　　Soffriva nel pianto... languia nel dolore...（ルチーア）・・・・・・・・・・・・45
　　　　いったいなんでしょう！…　Che fia!...（ルチーア）・・・・・・・・・・・・45
　　　　もし、お前が私を裏切れば　Se tradirmi tu potrai（エンリーコ）・・・・47
第3場 どうなりまして？　Ebben?（ルチーア）・・・・・・・・・・・・・・・・・・・・49
　　　　さあ、負けるのです、さもないともっと多くの不幸が
　　　　Deh! t'arrendi, o più sciagure（ライモンド）・・・・・・・・・・・・・・・・・・50
　　　　貴女様の身内のために　犠牲として
　　　　Al ben de' tuoi qual vittima（ライモンド）・・・・・・・・・・・・・・・・・・51

第4場	貴方様のおかげで　計り知れない喜びで	
	Per te d'immenso giubilo（エンリーコ、ノルマンノ、コーラス）	53
	ところで　ルチーアはどこかな？　Dov'è Lucia?（アルトゥーロ）	54
第5場	こちらが、そなたの花婿殿だ…　Ecco il tuo sposo…（エンリーコ）	55
第6場	（おれは）エドガルドだ！　Edgardo（エドガルド）	57
	この期におよび、誰が私を止めるのだ？…	
	Chi mi frena in tal momento?…（エドガルド）	58
	罰当たりめ、とっとと出て行け…	
	T'allontana, sciagurato…（エンリーコ、アルトゥーロ、ノルマンノと騎士たち）	60
第2幕	**ATTO SECONDO**　65	
第1場	恐ろしい　今夜は　Orrida è questa notte（エドガルド）	65
第2場	私だ　Io（エンリーコ）	66
	ここには未だに彷徨(さまよ)っている　父上の	
	Qui del padre ancor s'aggira（エドガルド）	67
第3場	生き生きとした喜びの　Di vivo giubilo（コーラス）	71
第4場	止めよ…止めるのだ　そのような喜びは…	
	Cessi… ahi cessi quel contento…（ライモンド）	72
	おお！なんと不吉な出来事だ！…	
	Oh! qual funesto avvenimento!…（全員）	74
第5場	おお、神様！　Oh giusto cielo!（コーラス）	75
	ああ、いやだ！　恐ろしい幽霊が	
	Ahimè!… Sorge il tremendo（ルチーア）	76
第6場	お前たち言ってくれ　Ditemi（エンリーコ）	78
	撒いてくださいね　少しばかり涙を	
	Spargi di qualche pianto（ルチーア）	80
第7場	我がご先祖の墓よ　Tombe degli avi miei, l'ultimo avanzo（エドガルド）	83
	まもなく私に安らかに身を置く場所をくれるのだ	
	Fra poco a me ricovero（エドガルド）	84
第8場	おお、なんと惨めな女性だろう！　おお、なんと恐ろしい出来事だ！	
	Oh meschina! oh caso orrendo!（コーラス）	85
最終場	神のみもとに翼を広げていったお前よ	
	Tu che a Dio spiegasti l'ali（エドガルド）	87

あとがき　89

あらすじ

[**舞台および時代背景**] このオペラが繰り広げられる舞台は、1500年代末のスコットランド南部のラマムア（イタリア語ではランメルモール）丘陵地帯ということになっている。

もっとも、このオペラの出典となった英国ロマン主義時代の詩人であり作家のウォルター・スコットの原作『ラマムアの花嫁』（1819年）では、時代は1690年代末のジェイムズ２世とウィリアム３世の英国王位を巡る争いを背景にしていたから、原作とオペラの台本のあいだには約200年の差があるわけだ。

つまり、ドニゼッティのためにこの名作オペラの台本を書いた台本作家カンマラーノは原作の内容および史実をある程度無視して、自由にオペラ用に書き直したということになる。

さて、このオペラでは、背景の第一にランメルモール地方の地方貴族アストン家とラヴェンスウッド家の長年の敵対関係がある。しかも、このオペラの物語が始まる頃には、アストン家は策略を用いラヴェンスウッド家の本来の居城であったラヴェンスウッド城を含むほとんどの領地を奪っていた。そして、今や、領地を失い父までも殺されたラヴェンスウッド家の最後の跡継ぎエドガルドに残されたのはウルフェラグの塔の廃屋のみである。

オペラはこの仇敵同士のアストン家の当主エンリーコの妹ルチーアとラヴェンスウッド家のエドガルドとの悲恋物語で、悲劇の舞台になるのは、このラヴェンスウッド城の内外とウルフェラグの塔の廃屋である。

第１部
(全１幕)
第１場　ラヴェンスウッド城の庭園。現在の城主アストン家のエンリーコの腹心であり警備隊隊長であるノルマンノは、エンリーコの妹ルチーアがひそかに主人の仇敵ラヴェンスウッド家のエドガルドと恋仲になった上、しばしば逢引しているのではないかと疑っている。このため、この秘密を

暴き確かなものにしようと城の住民を使って海辺からウルフェラグの塔の廃屋までを探索させている。

第2場 そこにエンリーコがルチーアの家庭教師兼相談相手である修道士ライモンドとともに現れ、ライモンドにたいしエドガルドへの憎しみと、自分が属す政治的党派が破れたため、一家の危機を乗り越えるためには妹ルチーアに政略結婚をさせるほかに手段が無いのに、ルチーアは素直にこの結婚を承諾しようとしないと鬱憤をぶちまける。一方、ルチーアの秘密を知っているライモンド師は、母親を失ったばかりのルチーアに結婚を強いるのは無理だとなだめようとする。すると、ノルマンノが、ルチーアが母親が埋葬されている庭の並木道で暴れ牛に襲われたときエドガルドに助けられて以来、2人は恋仲になって逢引を繰り返していると暴露し、エンリーコは妹とエドガルドにたいし怒り狂う。

第3場 さらに、探索に行っていた人々が帰ってきてこの辺に姿を現す不思議な騎士とはエドガルドであることを報告したため、エンリーコの怒りはさらに激しくなり、2人の恋の炎を血で消してやると叫ぶ。

第4場 深夜、月光が照らす城の外の泉水のある荒れ果てた庭。エドガルドに呼び出されたルチーアが侍女のアリーサをつれてやって来る。エドガルドを待っているあいだに、彼女はアリーサに昔、泉水のほとりで嫉妬のあまりラヴェンスウッド家の1人が女性を刺し殺し、死体は泉に沈んだままであるとの言い伝えと、自分が泉から出てきたその亡霊を見たときの様子を語って聞かせる（ルチーアのカヴァティーナ「Regnava nel silenzio（沈黙のうちに支配していました）」）。不吉な予感がしたアリーサはこうした恐ろしい恋は諦めた方がいいと忠告する。だが、ルチーアは反対に自分が如何にエドガルドを愛しているかを夢中になって説明するばかりである。

第5場 同じ庭。やがてやって来たエドガルドは、自分はスコットランドのために友国フランスに渡らなければならないが、その前にエンリーコと会って両家の和解を実現させ、その印としてルチーアとの結婚を許して貰うという計画を話す。兄エンリーコがエドガルドを深く憎み、その上、自分を政略結婚させようと企んでいることを知っているルチーアは、まだ当分のあいだ自分たちの恋は秘密にしておいた方がよいとエドガルドの計画に反対する。だが、この反対はかえって、父を殺され祖先伝来の領地を奪

われたエドガルドのアストン家、特にエンリーコにたいする憎悪と復讐心を思い起こさせる。だが、ルチーアへの深い愛情とルチーアの説得の結果、考えを変え、この場所で2人だけで天を証人として結婚の約束を交わすことを思いつき、指輪を交換し夫と妻になったことを宣言する。この後、2人は悲しい別れを交わしエドガルドはフランスに出発する。

第2部
第1幕
第1場 ラヴェンスウッド城のエンリーコの部屋。ルチーアの反対を押し切っても政略結婚を成就させなければならないエンリーコは、すでに結婚式出席のため親族および結婚相手のアルトゥーロ卿が到着する時間が迫っているためいらいらしている。そして、腹心ノルマンノから、フランスにいるエドガルドとルチーアが交わした手紙をすべて奪ったこと、エドガルドがほかの女性に靡いているとのニセの手紙を準備したとの報告を聞き、ニセの手紙を渡させ、ノルマンノをアルトゥーロ卿の出迎えに送り出す。

第2場 同じ部屋。卑劣な結婚式の準備が整っていることに怒るルチーアは兄を詰問するが、兄にニセの手紙を読まされ気も狂わんばかりに驚く。この機に乗じ、エンリーコはこの結婚が成立しななければ、自分の党派が敗れた今となっては自分は首を切られることになると妹を脅す。絶望したルチーアは神に死を願う。

第3場 同じ部屋。そこにライモンド師が来て、予期したようにフランスに通じる道はすべてエンリーコの手によって封鎖され彼女の手紙はエドガルドに着いていない恐れがあるから、確かな手段でルチーアの手紙を送ったが、それでも音信が無いこと、このため、彼は心変わりをしたに違いないと言う。そして、2人だけで行った結婚の誓いは無効だから、かくなる上は、我慢して兄を危機から救うためにアルトゥーロと結婚すべきだと論す。あらゆる意味で救いを絶たれたルチーアは絶望のあまり放心状態になりライモンド師に支えられて出て行く。

第4場 アルトゥーロを迎え結婚式を行うため華々しく支度が整えられ大勢の客が溢れる大広間。エンリーコと人々がこの結婚により希望が甦ったことを喜び、花婿のアルトゥーロはエンリーコ支持の約束を表明する。だ

が、アルトゥーロがエドガルドとルチーアの噂が真実かどうかをただそうとし、エンリーコがそれを打ち消そうとしているときにルチーアが入ってくる。

第5場 同じ大広間。放心したようなルチーアは、兄に促され自分の運命を恨みながらもアルトゥーロに続いて結婚誓約書にサインをしてしまう。そのとき突然入り口の方で騒ぎが聞こえる。

第6場 同じ大広間。突入してきたのはエドガルドである。エンリーコは剣に手をかけるが、同時に自分が裏切った妹にたいする後悔の念も生まれる。エドガルドも生死を彷徨う状態のルチーアを見て怒りを抑える。我に返ったルチーアは、死を願っても叶えられない自分が天にも地にも裏切られたと嘆く。また、アルトゥーロとライモンド師と侍女アリーサはこの光景に恐れおののく〔六重唱「Chi trattiene il mio furore（誰が止めるのだ わたしの怒りと）」〕。エンリーコ、アルトゥーロ、エドガルドの3人は剣を抜くが、ライモンド師に押し止められる。エドガルドは、ルチーアがすでに結婚契約書にサインしてしまったことを知らされ、ルチーアを詰問する。ルチーアの返事に怒ったエドガルドは結婚指輪を彼女に返し、自分の指輪も返却させそれを踏みにじり、ルチーアとその一族を呪う。怒って迫るエンリーコたちに、今や望みを失ったエドガルドは胸をはだけ殺すように命じるが、ルチーアの必死の嘆願で、エドガルドはライモンド師とアリーサにせき立てられて部屋を出る。

第2幕

第1場 ウルフェラグの塔の部屋の中。絶望したエドガルドは外で荒れ狂う風雨と雷鳴を聞きながら世界の滅亡さえ祈るのだが、ふと耳をそばだて誰かがこの嵐の中を馬で駆けてくるのを知る。

第2場 それは、先ほどの恥を晴らすために来たエンリーコであった。エドガルドはエンリーコにたいし、ここには自分の父親の怨念が漲り、お前は生きたままで墓に入る男のような気持ちだろうと言う。エンリーコも負けずに、ルチーアとアルトゥーロの盛大な結婚披露宴も間もなく終わりお床入りの時間が来ると、わざとエドガルドの胸を掻きむしる。2人は翌朝の日の出にラヴェンスウッド家の墓地での決闘を約束し合い別れる。

第3場　1幕最後のラヴェンスウッド城の大広間。人々がこの結婚によって再びアストン家が再興すると喜び合っている。

第4場　同じ広間。そこに、ライモンド師がよろめきながら入ってきて皆を制する。驚く一同に、ルチーアの部屋から瀕死の男の呻き声のようなものが漏れてきたので入って見ると、正気を失ったルチーアが新床の上でアルトゥーロの剣で彼を刺し殺してしまっていたことを告げる。

第5場　同じ広間。そこへ手を血に染め、髪を振り乱し、真っ青な顔をした狂乱状態のルチーアが入ってくる。彼女は狂乱の内に、自分がエドガルドのために敵の手から逃れてきたことや、彼との結婚式を夢想したり、ついには、天により結ばれた２人の幸せまでをも物語る〔ルチーアの「Il dolce suono（あの方の声の）」から次の第６場のアリアの最後までがいわゆる「狂乱のアリア」〕。

第6場　そこに惨劇を聞いて、怒ったエンリーコが飛び込んでくるが、妹の状態を目にしたじろぐと同時にライモンド師からお前の責任だと叱りを受ける。正気を失っているルチーアは、独り言で、確かに結婚契約書にサインはしたが、自分は酷い兄の犠牲になったのであり、愛するのは唯一人エドガルドだけで、今は天国で彼を待っていると言ってから、アリーサの腕の中に気を失って倒れる。今や、悔悟の念に打たれたエンリーコはアリーサにルチーアを部屋の外に連れ出すように頼む。また、ライモンド師にルチーアを見守るように依頼する。この間、ライモンド師はノルマンノに、すべての原因はお前にあると激しく非難し天罰を予告する。

第7場　まだ灯のともった部屋が見える城の外。遠くの礼拝堂に通じるラヴェンスウッド家の墓が点在する道である。エドガルドが唯一人、祖先の墓に向かって自分もその中に加えてくれと祈り、ルチーアに起こった惨劇も知らずに、ルチーアなきこの世は砂漠に等しいと嘆く。そして、お前は今ごろは花婿殿と楽しくいるのに私が待つのは死だけであり、わたしの墓には花婿と一緒に近づかないでくれ、せめてお前のために死ぬ者の遺灰に敬意を表し約束してくれとルチーアに恨みを述べる〔エドガルドのアリア「Tombe degli avi miei（我がご先祖の墓よ）」〕。

第8場　同じ場所。人々が現れ恐ろしい出来事と瀕死の人の話をしている。エドガルドは誰のことか尋ね、不幸な結婚のため理性を失ったルチーアが

まさに死を迎えようとしていることを知り逆上する。そのとき、臨終を知らせる鐘が聞こえる。エドガルドは、せめて自分が死ぬ前にルチーアにもう一度会いたいと叫び、人々の制止を振り切って城の入り口に向かう。

最終場　ちょうど、城から出てきたライモンド師にルチーアがすでに地上の人でないことを知らされる。エドガルドは、彼女を呼び求め、地上で結ばれなかった2人を神が天上で結んでくださるようにと祈り、彼女の後を追うために自分の胸に短剣を突き立てる。

まえがきとこの本をお読みになる際の注意

　この対訳書の底本には、1835年9月26日にナポリの王立サン・カルロ劇場 (Real Teatro S. Carlo di Napoli) での初演のために、ガエターノ・ドニゼッティのために台本作家サルヴァトーレ・カンマラーノが書き上げたリブレットを使用した。

　もちろん、ドニゼッティはこのリブレットの全部に作曲したわけではなく、総譜 partitura 作曲中に加筆・訂正したが、本書ではこうした部分も註として示してある。また、イタリア語側には、読者のイタリア語理解への一助として、イタリア語側に数字を振り簡単な語学上の説明も加えた。このほか、声楽家およびオペラ愛好家のために、オペラの練習などで一番よく使用されるスパルティート spartito（ここでは、リコルディ社の2006年版の『*Lucia di Lammermoor canto e pianoforte*』）の中だけにある部分と無い部分および、このリブレットと違う部分もイタリア語側に数字を振り、註に「Spart.」と略号を記し解説を書いておいた。また、本文ト書きでは Spart. との違いは*を付けてある。

　訳者は、できるだけ日本語の訳をイタリア語リブレットの行数および句の配列と一致させるように努力したつもりであるが、もちろん不可能な場合が多い。このため、読者の理解を得られるのが難しいと思われるようなときは、あえて句の訳の順序を変えたり、原文にはない説明的な言葉を｛　｝に入れて加えている箇所もある。また、リブレット中のコンマやピリオドや大文字の使い方などには、現在のイタリア語の句読点の使い方や正字法と異なるものがあるが、あえてリブレットのままにしておいたことも付記しておく。

ランメルモールのルチーア
Lucia di Lammermoor*

2部ものの悲劇
Dramma tragico in 2 parti

台本：サルヴァトーレ・カンマラーノ
Salvatore Cammarano（1801—1852）
音楽：ガエターノ・ドニゼッティ
Gaetano Donizetti（1797—1848）

原作：ウォルター・スコットの小説『ラマムアの花嫁』（1819年）

作曲年：1835年
初演：1835年9月26日、ナポリ、サン・カルロ劇場

＊Lammermoor はスコットランド南東部の丘陵地帯 Lammermuir Hills の地名で、Lammermoor は最後の muir を英語式表記にしたもの。オペラではランメルモールとも、原語式にランメルムールとも発音される。

主要登場人物および舞台設定

エンリーコ・アストン卿 Lord Enrico Asthon*……………………………バリトン
ルチーア（彼の妹）Miss Lucia (sua sorella) ……………………………ソプラノ
ラヴェンスウッドのエドガルド卿 Sir Edogardo di Ravenswood
　　　　　　　　　　　　　　　　　　　　　　　　………………テノール
アルトゥーロ・バックロー卿 Lord Arturo Buklaw**………………テノール
ライモンド・ビデベント Raimondo Bidebent***（ルチーアの
　家庭教師であり相談相手）educatore e confidente di Lucia ………バス
アリーサ（ルチーアの侍女）Alisa, damigella di Lucia ……メゾ・ソプラノ
ノルマンノ Normanno****（ラヴェンスウッドの隊長）capo degli
　Armigeri di Ravenswood ……………………………………………テノール

　　* W. スコットの原作では、ルチーアの家名は Ashton で Asthon ではない。原作の1826年の最初のイタリア語訳で訳者がスペルを間違えたもの。このため原作での発音はアシュトンだが、オペラの台本のイタリア語発音ではアストンとなり両方の発音が共存する。ちなみに、Enrico はオペラでは主役の1人だが、原作では15歳ぐらいの少年 Harry で脇役。
　 ** 原作では Hayston Bucklaw で役筋もほぼ同じ。
　*** 原作では長老派の司祭で名前も Peter Bide-the-Bent。
　**** 原作では、Ashton 家の森番の頭にすぎない。

　　　　　　貴婦人たち、騎士たち、アストン家の親族たちのコーラス
　　　　　　Coro di Dame e Cavalieri, congiunti di Asthon.

　　　　　　　　ランメルモールの住民たちのコーラス
　　　　　　　　Coro di Abitanti di Lammermoor.

　　　　　　　アストン家の小姓たち、兵士たちと召使たち
　　　　　　　Paggi, Armigeri, Domestici di Asthon.

舞台：事件はスコットランド。一部はラヴェンスウッド*の城の中で、一部はウォルフェラグ**の塔の廃屋の中で起こる。時代は16世紀末***に遡る。

　　* 原作では、この城はエンリーコとルチーアの父 William Ashton 卿が17世紀に増改築したゴチック様式建築ということになっている。発音は英語式のレイヴェンスウッドとイタリア語式のラヴェンスウッドの両方がある。
　 ** 原作では Wolf's Grag（オオカミの岩山）だったが、最初のイタリア語訳の発音表記ミスがオペラ台本にも引き継がれたものといわれる。
　*** 原作は17世紀末だが、最初の台本作家が時代を1世紀間違えたため16世紀末となったといわれる。このオペラの内容は、台本作家カンマラーノが短いオペラの筋書きにする必要から原作を自由に書き直したため、原作とは大筋では似通っているものの非常に違う。

主要人物歌唱場面一覧

部－幕－場	第1部 全1幕					第2部 第1幕						第2部 第2幕								
役名	1	2	3	4	5	1	2	3	4	5	6	1	2	3	4	5	6	7	8	最終場
エンリーコ		●	●			●	●	●	●							●				
ルチーア				●			●	●	●							●	●			
エドガルド					●					●	●							●	●	●
アルトゥーロ									●											
ライモンド		●	●					●	●						●	●				●
アリーサ				●												●				
ノルマンノ	●	●				●	●	●	●	●						●				

第1部

PARTE PRIMA

PARTE PRIMA
第 1 部*

*当時のナポリでは、とくにこのオペラの台本作家カンマラーノは、悲劇を部に分けさらに幕で区分するのが普通であった。このオペラでも第 1 部は 1 幕しかなく、第 2 部は 2 幕になっているため、結局は 3 幕オペラといっても同じである。

LA PARTENZA　旅立ち

ATTO UNICO
全 1 幕

Scena prima　第 1 場

Giardino
〔ラヴェンスウッド城の〕庭園

〈Preludio e Coro d'Introduzione　前奏曲と導入のコーラス〉

> **Normanno e Coro di abitanti del castello, in arnese da caccia.**
> ノルマンノと狩装束をした城の住民のコーラス

Normanno ノルマンノ	Percorrete le spiagge vicine, 　Della torre le vaste rovine: お前たちは駆け巡るのだ　近くの浜辺を 　塔の広い廃墟を。
Coro コーラス	Percorriamo le spiagge vicine, 　Della torre le vaste rovine: 私たちは駆け巡ります　近くの浜辺を 　塔の広い廃墟を。
Normanno, Coro ノルマンノとコーラス	Cada il vel di sì turpe mistero, Lo domanda... lo impone l'onor. かくも忌まわしい不思議のベールが落ちるように それを求めている、それを命じているのだ　名誉が。

Fia[(1)] che splenda il terribile vero[(2)]
Come lampo fra nubi d'orror! *(il Coro parte rapidamente)*

輝くようになるだろう　恐ろしい真実が
恐ろしい雲間の稲妻のように。（コーラスは急いで出発する）

Scena seconda　第２場

〈Scena e Cavatina　シェーナとカヴァティーナ〉

Enrico, Raimondo e detto.
エンリーコ、ライモンドと前出の人

Enrico si avanza fieramente accigliato. Breve pausa.
エンリーコは眉をしかめ傲然と近づいてくる。短い間。

Normanno ノルマンノ	Tu sei turbato? *(accostandosi ad Enrico)*[(3)] 貴方様は心が乱れておいでだ。（エンリーコに近寄りながら）
Enrico エンリーコ	E n'ho ben d'onde.[(4)]　Il[(5)] sai: Del mio destin si ottenebrò la stella[(6)]… それにはちゃんと立派なわけがある。お前も 私の運命の星が翳ってきたのだ…　└それを知っている。

Intanto Edgardo, quel mortal nemico
Di mia prosapia,[(7)] dalle sue rovine
Erge la fronte baldanzosa e ride.

そうしている間も、エドガルドは…　我が一族の
あの仇敵めは　彼の廃虚から
不敵な額を上げ笑っているのだ！

---

(1) fia は essere の直・３単末の古語で sarà とおなじで、この後も何回もこの形は出てくる。ここでは「che 以下のようになるように」の意味。
(2) この che 以下の部分は、「Spart.」では、次のように替わっている。
　Splenderà l'esecrabile vero「輝くだろう　忌まわしい真実が」
(3) 「Spart.」には、ト書きのこの後に rispettosamente（恭しく）がある。
(4) avere d'onde di... は「…について立派な理由がある」で ben(e) は強めの副詞。
(5) il (= lo) は代名詞「それを」。
(6) 「Spart.」では、この１行は Dei miei destini impallidì la stella で、意味はほとんど同じで「私の運命の星は色褪せてきた」。
(7) prosapia は文語で「一族」。

	Sola una mano raffermar mi puote[8] Nel vacillante mio poter... Lucia Osa respinger quella mano!... Ah! suora[9] Non m'è colei!
	唯一つの手だけが私｛の立場｝を固めてくれることができる 揺らいでいるわたしの勢力の中で…｛だのに｝ルチーアは その手を強情にも拒んでいるのだ…ああ！　妹では ないのか　わたしにとって彼女は！
Raimondo ライモンド	*Dolente* Vergin, che geme sull'urna recente Di cara madre, al talamo potria[10] Volger lo sguardo? Ah! rispettiam quel core,[11] Che unisce col dolor possente amore.[12]
	苦しむ 乙女が　いとしい母君のまだ新しい棺の上で涙を流しておられる ｛乙女が｝、どうして結婚の新床に 目を向けられましょうか？　尊んであげようではありませんか 大きな悲しみと愛を一緒に結ぼうとしているあの心を。
Normanno ノルマンノ	Schivo d'amor! *(con ironia)* ... Lucia D'amore avvampa.
	愛を避けておられるだと！（皮肉たっぷりに）　…ルチーア様は 恋に身を焦がしておいでだ。
Enrico エンリーコ	Che favelli?... (Oh detto!)
	なんと申した？…（おお、なんということ 　　　　　　　　　　└を言いおった！）

---

(8) puote は può（potere 直・3 単現）の詩形。
(9) suora は普通は「尼僧」だが、ここでは sorella「姉」または「妹」と同じ。
(10) potria = potere の条・現・3 単現 potrebbe の詩形「できようか」
(11) cuore の詩形で、この後でも何回も出る。「Spart.」では un cuore.。
(12) 「Spart.」では この1行は Trafitto dal duol, schivo è d'amor. に替わっていて「悲しみに貫かれ、愛を避けておられる｛お心を｝」。この方が次のノルマンノの言葉 Schivo d'amore！によく結びつく。

Normanno ノルマンノ	M'ascolta.[13]　　Ella sen già[14] colà del parco Nel solingo vial dove la madre Giace sepolta: la sua fida Alisa[15] Era al suo fianco... Impetuoso toro[16] Ecco su lor[17] si avventa... Prive d'ogni soccorso,[18] Pende sovr'esse inevitabil morte!... Quando per l'aere sibilar[19] si sente Un colpo, e al suol repente Cade la belva.
	お聞きください　あの方が以前あそこの庭の 人気のない並木道に行かれたとき、そうです母上が 葬られておられるあそこです…「忠実なアリーサが あの方の傍らにおりました」…暴れ牛が 二人の上に襲いかかりました… 「なんらの救いもない 彼女たちの上には避けがたい死{の影}が垂れておりました」 そのとき、空を鋭く切る音が聞こえたのです 銃声一発の。そして地上に不意に 倒れました　その獣が。
Enrico エンリーコ	E chi vibrò quel colpo?
	それで、誰がその一発を撃ったのだ？
Normanno ノルマンノ	Tal... che il suo nome ricoprì d'un velo.
	き奴…その名前がベールに包まれた者です。
Enrico エンリーコ	Lucia forse...
	ルチーアは恐らく…
Normanno ノルマンノ	L'amò.
	彼に恋されました。

(13)「Spart.」ではM' uditeで意味は同じ。また、前のEnricoの（Oh detto!）はRaimondoの言葉になっている。
(14) sen gia=se ne givaの詩形でgire「行く」の直・単3半。senは意味はない。
(15) この行の半ば以下のla sua fida Alisa / era al suo fiancoは「Spart.」にはない。
(16) 原作ではラヴェンスウッド家は牛の放牧で有名であり、紋章にも黒い雄牛の頭が描いてあった。
(17) su lor「彼女たちの上に」は「Spart.」ではsu lei「彼女{＝ルチーア}の上に」。
(18) この行と次の行のPrive d'ogni soccorso, / pende sovr'esse inevitabil morte!は「Spart.」にはない。
(19)「Spart.」ではper l'aria rimbombar「空気を轟かせる（銃声一発）が」。

Enrico エンリーコ		Dunque il rivide? それでは彼にまた会ったのか？
Normanno ノルマンノ	Ogni alba. 毎晩夜明けにでございます。	
Enrico エンリーコ		E dove? それは どこでだ？
Normanno ノルマンノ		In quel viale. あの並木道でございます。
Enrico エンリーコ	Né tu scovristi il seduttor?...	Io fremo! 体が震えるわい！ お前はその誘惑者を見破らなかったのか？…
Normanno ノルマンノ	Io n'ho soltanto. かけておりますが。	Sospetto 疑いだけは
Enrico エンリーコ		Ah! parla. さあ、申せ。
Normanno ノルマンノ	È tuo nemico. 貴方様の敵でございます。	
Raimondo ライモンド		(Oh ciel!...) （おお、神よ！）
Normanno ノルマンノ		Tu lo detesti. 貴方様はそやつを憎んでおられます。
Enrico エンリーコ	Esser potrebbe!... Edgardo? まさか！…エドガルドではあるまいな？	
Raimondo ライモンド		Ah!... （ああ！）
Normanno ノルマンノ		Lo dicesti.— 仰せのとおりでございます。

Enrico エンリーコ	Cruda... funesta smania 　Tu m'hai destata[20] in petto!... 　È troppo, è troppo orribile 　Questo fatal sospetto! 　Mi fe'[21] gelare e fremere!... 　Mi drizza[22] in fronte il crin!	

　　残酷で…不吉ないらだちを
　　　　お前はわしの胸のうちに目覚めさせた！…
　　　　あまりにもあまりにも恐ろしい
　　　　この宿命的な疑いは！
　　　　｛それは｝私を凍りつかせ震えさせ…
　　　　額に髪を逆立てさせる！

　　Colma di tanto obbrobrio
　　　　Chi suora mia[23] nascea!—

　　　　誰がこのような恥辱にまみれて
　　　　　　私の妹として生まれてきたのだ！

(con terribile impulso di sdegno)
　　　　Pria che d'amor sì perfido
　　　　A me svelarti rea,
　　　　Se ti colpisse un fulmine,
　　　　Fora men rio destin.[24]

　　（恐ろしい怒りの衝動に駆られて）
　　　　お前がこのような不実の恋の
　　　　　　罪人であることが暴露される前に
　　　　　　稲妻に打たれてしまったら
　　　　　　運命はかくも苛酷ではないであろうに。

Normanno ノルマンノ	Pietoso al tuo decoro, 　Io fui con te crudel!	

　　貴方様の名誉をお気の毒と思うばかりに
　　　　私は貴方様に酷いことをいたしました。

---

(20)「Spart.」では m'hai svegliata で意味は同じ。
(21) fe'（= fece）は「Spart.」では、Mi fa と現在形。
(22) Mi drizza は「Spart.」では、Mi solleva だが意味は同じ。
(23)「Spart.」では suora mia「私の妹」ではなく a me nascea（= nasceva）「私に生まれてきた」だが、意味はほとんど同じ。
(24)「Spart.」では destin「運命」が dolor「苦しみ」になっている。

Raimondo
ライモンド

(La tua clemenza imploro;
　Tu lo smentisci, o ciel.)

（おお神様！　貴方のお慈悲をお願いします
　神よ、今のことを否定くださいますように！）

Scena terza　　第３場

Coro di cacciatori, e detti
狩人たちのコーラスと前出の人々

Coro
コーラス

(accorrendo)
Il tuo dubbio è ormai certezza. *(a Normanno)*

（駆け寄ってきて）（ノルマンノに〔言う〕）
貴方の疑いは今や確かなものになりました。

Normanno
ノルマンノ

(ad Enrico)
Odi tu?

（エンリーコに）
お聞きになりましたか？

Enrico
エンリーコ

Narrate.

お前たち、話せ。

Raimondo
ライモンド

(Oh giorno!)

（おお、夜が明ける！）

Coro
コーラス

Come vinti da stanchezza,
　Dopo lungo errar d'intorno,
　Noi posammo della torre
　Nel vestibulo cadente:
　Ecco tosto lo trascorre
　Un uom pallido e tacente.[25]

あたりを長い間さまよい歩いたすえ
　疲れに打ち負かされたもののように
　私どもは休みました　塔の
　崩れかけた入口の間で。
　そのときです、そこを素早く通って行きました
　黙ったままで１人の青白い男が。

---

(25) この１行は「Spart.」では、in silenzio un uom pallente になっているが意味は同じ。

> Quando[26] appresso ei n'è venuto
> Ravvisiam lo sconosciuto.—
> Ei su celere[27] destriero
> S'involò dal nostro sguardo...
> Ci fe' noto un falconiero[28]
> Il suo nome.

 彼が近くに来たとき
  私たちはその見知らぬ男をはっきり見たのです。
  彼は駿馬に乗って
  我々の視野から去っていきました…
  教えてくれました　１人の鷹匠が
  彼の名前を。

Enrico　　　　　E quale?
エンリーコ　　　　なんという名前だ？

Coro　　　　　Edgardo.
コーラス　　　　エドガルドです。

Enrico　Egli!... Oh rabbia che m'accendi,
エンリーコ　　Contenerti un cor non può!

　奴か！　おお、私の胸を燃やす怒りよ、
　　この怒りを抑えられる心などはない！

Raimondo　Ah! non credere... ah! sospendi...
ライモンド　　Ella... M'odi...

　ああ、信じなさるな！　さあ、お止めください！
　あの方は…どうか私の話をお聞きください。

Enrico　　　　　Udir non vo'.
エンリーコ　　　　聞きたくない。

---

(26)「Spart.」では、quando が come になっているが意味は同じ。
(27)「Spart.」では、celere が rapido になっているが意味は同じ。
(28) この最後の2行は「Spart.」では qual s'appella un falconiere / ne apprendeva「なんという
　名前か　１人の鷹匠が／我々に（＝ne）教えました」になっている。

> La pietade in suo favore
> > Miti sensi invan ti detta...
> > Se mi parli di vendetta
> > Solo intender ti potrò.—

あれ｛＝ルチーア｝のための慈悲心が
　　お前に優しい言葉を言わせても無駄だ…
　　もしお前が復讐について話すなら
　　そのときだけはお前の話を聞いてやれよう。

> Sciagurati!... il mio furore
> > Già su voi tremendo rugge...
> > L'empia fiamma che vi strugge
> > Io col sangue spegnerò.

罰当たり者たちめが！…わしの怒りは
　　既にお前たちの頭上で恐ろしい咆哮を上げておる…
　　お前たちの心を溶かしている神を恐れぬ恋の炎は
　　わしが血でもって消してやろう。

Normanno, Coro
ノルマンノとコーラス

Quell'indegno al nuovo albore[29]
　　L'ira tua fuggir non può.

あの不埒な奴は、新しい夜明けには
　　貴方様のお怒りから逃げることはできません。

Raimondo
ライモンド

(Ahi! qual nembo[30] di terrore
　　Questa casa circondò!)

(Enrico parte: tutti lo seguono).

（ああ！　なんという恐怖の雲が
　　この家を取り囲んでしまったのか！）

（エンリーコは去り、一同は彼に従う）

---

(29) この２行は、「Spart.」では、ti raffrena ; al nuovo albore / ei da te fuggir non può．「気持ちをお抑えください。新しい夜明けには　彼は貴方から逃げることはできないのですから」に替わっている。ei は egli の詩形。
(30) 「Spart.」では nembo は nube に替わっているが意味は同じ。

Scena quarta　第４場

Parco.—Nel fondo della scena un fianco del castello, con picciola
porta praticabile. Sul davanti la così detta fontana della Sirena,
fontana altra volta coperta da un bell'edifizio, ornato di tutti i fregi
della gotica architettura, al presente dai rottami di quest'edifizio sol
cinta. Caduto n'è il tetto, rovinate le mura, e la sorgente che
zampilla di sotterra si apre il varco fra le pietre, e le macerie postele
intorno, formando indi un ruscello.—È sull'imbrunire. Sorge la luna.

庭園。場面の奥手に出入りができる小さな扉のついた城の側面が見える。前面に、いわゆる人魚の泉と呼ばれる泉水がある。泉水は昔は立派なゴチック様式のフリーズでかざられた建物で覆われていたが、いまではその残骸で囲まれているだけ。屋根は落ち周囲の壁は壊れ、地下から湧き出る泉が石と周りに置かれたがらくたの間に水路を開き、小さな流れを作っている。─夕暮れである。月が昇ってくる。*

＊スのト書きはもっとずっと簡単

〈Scena e Cavatina シェーナとカヴァティーナ〉

Lucia ed Alisa
ルチーアとアリーサ

Lucia ルチーア	*(viene dal castello, seguita da Alisa: sono entrambe nella massima agitazione. Ella si volge d'intorno, come in cerca di qualcuno; ma osservando la fontana, ritorce altrove lo sguardo)* （アリーサに付き添われ城からやって来た。二人とも非常に興奮している。彼女は誰かを探しているように辺りに目を配る。だが泉水を見て視線をそらす） Ancor non giunse!... 　まだいらっしゃっておられない！
Alisa アリーサ	Incauta!... a che mi traggi!... Avventurarti, or che il fratel qui venne, È folle ardir. 　　　　　　　　無分別な…なぜ私をここにつれて来られたのです！ 　　　　　　　　無謀なことをなさいます、たった今まで、兄上さまがここにおいでに 　　　　　　　　こんな冒険は狂気の沙汰です。　　　└なっていたのに。

Lucia ルチーア	Ben parli! Edgardo sappia Qual ne minaccia[31] orribile periglio...

    そのとおりよ！　エドガルドは知らなければいけないの
どんな恐ろしい危険が私たちを脅かしているかを…

Alisa アリーサ	Perché d'intorno il ciglio Volgi atterrita?

    なぜ辺りを眺め回されるのです
恐ろしげに？

Lucia ルチーア	Quella fonte[32] mai, Senza tremar, non veggo...

    あの泉水を私は決して
震えなしに見ることはできないの…

    Ah! tu lo sai.
Un Ravenswood, ardendo
Di geloso furor, l'amata donna
Colà trafisse:

    ああ、知っているわね。
ラヴェンスウッド家のある男が、嫉妬の怒りに
燃えて、愛する女性を
あそこで刺したのです。

    l'infelice cadde
Nell'onda, ed ivi rimanea sepolta...
M'apparve l'ombra sua...

    気の毒な女性は落ちました
水の中に。そして、そこに葬られたままでした…
私に現れたのです、その女の亡霊が…

Alisa アリーサ	Che intendo![33]...

    なんですって？

---

(31)「Spart.」では、minaccia が circonda「{私たち（= ne)} を取り囲む」となっている。
(32) 原作でもこの泉での悲劇が書かれているが、この事件のあと、この泉の水とこの場所がラヴェンスウッド一族に不幸をもたらすことになるだろうと述べられている。
(33)「Spart.」では Intendo「私はなんということを聞くのだ」の代わりに Che dici？「お前はなんと言った？」になっているが意味はほとんど同じ。

Lucia
ルチーア

Ascolta.

Regnava nel silenzio
　Alta la notte e bruna...
　Colpìa la fonte un pallido
　Raggio di tetra luna...

　　　　　　　　　　　　　　よくお聞き。

沈黙のうちに支配していました
　暗い夜更けが…
　泉を照らしていました　蒼白い
　陰気な月の光が…

Quando sommesso gemito
Fra l'aure udir si fe',

　そのとき、押し殺したようなうめき声が
　風のまにまに聞こえたのです。

Ed ecco su quel margine
　L'ombra mostrarsi a me!

　そして、ほらあの泉の縁に
　亡霊が私に向かって姿を現したのです！

Qual di chi parla muoversi
　Il labbro suo vedea,

　そして話をしている人のように　その唇が
　動くのが見えたのです。

E con la mano esanime
Chiamarmi a sé parea.

　そして血の気のない手で
　私を自分の方に招くように見えたのです。

Stette un momento immobile,
Poi rapida sgombrò,[34]

　一瞬身動きを止めてから
　素早く姿を消しました。

E l'onda pria sì limpida,
　Di sangue rosseggiò!—

　すると、それまであんなに澄み切っていた池の水が
　血で真っ赤になったのです…

---

(34)「Spart.」ではこの1行は poi ratta dileguò だが意味は同じ。

Alisa アリーサ		Chiari, oh ciel!⁽³⁵⁾ ben chiari e tristi Nel tuo dir presagi intendo!

おお神よ！　貴女様のお話に、はっきりと　非常にはっきりと
　　そして不吉な前触れを感じます！

Ah! Lucia, Lucia desisti
Da un amor così tremendo.

　ああ、ルチーア様　ルチーア様、お諦めください
　　このように恐ろしい恋を！

Lucia
ルチーア

Io?... che parli! Al cor che geme⁽³⁶⁾
　Questo affetto è sola speme...
　Senza Edgardo non potrei
　Un istante respirar...

　わたしが？…なにを言うの！　苦しみの声を上げる心には
　　この愛だけが希望なのです…
　　エドガルドなしには、私は一瞬とて
　　息をすることができませんでしょう…

Egli è luce a' giorni miei,
　E conforto al mio penar.

　あの方は私の日々にとっての光であり
　　私の苦しみの慰めです。

Quando rapito in estasi
　Del più cocente amore,⁽³⁷⁾
　Col favellar del core
　Mi giura eterna fe',

　あの方は、一番激しい恋の
　　恍惚に身も心も奪われるとき、
　　真心からの言葉で
　　私に永遠の誓いをなさいます。

Gli affanni miei dimentico,
　Gioia diviene il pianto...

　私は自分の悩みを忘れ
　　嘆きは喜びになるのです…

---

(35) Oh ciel ! は「Spart.」では oh Dio ! になっているが意味は同じ。
(36) Lucia の「Io?... から 4 行下の respirar....」までは作曲されていないため、「Spart.」にはない。
(37) 「Spart.」では amore が ardore「情熱」だが意味はほとんど同じ。

Parmi che a lui d'accanto
　Si schiuda il ciel per me!

　私には思われるのです　あの方のお側にいると
　　私のために天が開くように！

Alisa
アリーサ
Giorni di amaro pianto
　Si apprestano per te!

　にがい涙の日々が
　　貴女様には用意されているのですよ！

〈Scena e Duetto - Finale I　シェーナ、二重唱—フィナーレ I〉

Egli s'avanza... La vicina soglia.
　Io cauta veglierò. *(rientra nel Castello)*

　あの方が来られます…近くの入口で
　　私は用心深く見張りをいたします。（城に入る）

Scena quinta　第5場

Edgardo, e detta.
エドガルドと前出の人（＝ルチーア）

Edgardo
エドガルド
　　　　　　　Lucia, perdona
Se ad ora inusitata
Io vederti chiedea: ragion possente
A ciò mi trasse. Pria che in ciel biancheggi
L'alba novella, dalle patrie sponde
Lungi sarò.

　　　　　　ルチーア、許してくれ
　こんな普通ではない時間に
　君に会いたいとお願いして。差し迫った理由が
　私をこうさせたのだ。空に新しい夜明けが
　白らみ始める前に、私は祖国の岸を
　遠く離れることになる。

Lucia
ルチーア
　　　　　　Che dici!...
　　　　　　なにをおっしゃいますの？

Edgardo エドガルド	Pe' franchi lidi amici Sciolgo le vele: ivi trattar m'è dato Le sorti della Scozia.[(38)]	

友なるフランスの岸に向かって
私は帆を揚げる。そこで、私はスコットランドの運命を
扱うことになったのだ。

         Il mio congiunto,[(39)]
Athol, riparator di mie sciagure,
A tanto onor m'innalza.

「わしの親戚の
アトールが、彼は私の災難の救い手で、
この大きな名誉ある仕事に私を引き立ててくれるのだ」

Lucia ルチーア	E me nel pianto Abbandoni così!

       それでは私を涙のうちに
こうしてお見捨てになるんですか？

Edgardo エドガルド	Pria di lasciarti Asthon mi vegga... stenderò placato A lui la destra, e la tua destra, pegno Fra noi di pace, chiederò.

      君と別れる前に
アストンが私に会ってくれれば…私は心静かに差し伸べよう
わたしの右手を。そして君の右手を求めよう
我々の仲直りの証拠として。

Lucia ルチーア	Che ascolto!... Ah! no... rimanga nel silenzio avvolto[(40)] Per or l'arcano affetto...

       なんということをおっしゃるの！
ああ、いけません…沈黙に包まれたままにしておいてください
今のところはこの秘密の愛を…

---

(38) 原作でも、エドガルドがスコットランドの政情を覆すため友国フランスの地（franchi lidi amici）に派遣されることが書かれている。

(39) Le sorte della Scozia のあとの Il mio congiunto；から3行下の最後の m' innalza までは作曲されなかったため、「Spart.」にはない。

(40) 「Spart.」では avvolto「包まれた」が sepolto「埋められた」に替えられている。

Edgardo エドガルド	*(con amarezza)* Intendo!—Di mia stirpe Il reo persecutore[41] Ancor pago non è!	

（にがにがしげに）
分かった…私の一族の
憎き迫害者は
まだ満足していないのか！

        Mi tolse il padre...
Il mio retaggio avito[42]
Con trame inique m'usurpò... Né basta?

       私から父上を奪い
 私の先祖伝来の遺産を
卑怯な策略で奪い取ったのに…まだ不足だというのか？

Che brama ancor? che chiede[43]
Quel cor feroce, e rio?

まだなにを貪りたいのだ？　なにが欲しいのだ？
あの猛々しく罪深い心は。

La mia perdita intera, il sangue mio?
Ei mi abborre[44]...

私の完全なる破滅か、私の血か？
彼は私を憎んでいる…

Lucia ルチーア	Ah! no... ああ。違います…	
Edgardo エドガルド	Mi abborre... *(con più forza)* 彼は私を忌み嫌っておる…（力を込めて）	
Lucia ルチーア	Calma, oh ciel! quell'ira estrema. お鎮めください、おお、どうしよう！　そのひどいお怒りを。	

---

(41)「Spart.」では Il reo persecutore, のあとに de' mali miei「私のさまざまな不運について（ancora pago non è）（まだ彼は満足していない）」が加えられている。
(42) retaggio「遺産」も avito「祖先伝来の」も共に文語。
(43)「Spart.」には che chiede はないが全体の意味にはほとんど変化なし。
(44)「Spart.」では mi abborre が mi odia になっているが意味の変化はほとんどなし。

Edgardo エドガルド	Fiamma ardente in sen[45] mi scorre! M'odi.	

燃え盛る炎が私の胸の中を駆け巡る！
聞いてくれ。

Lucia ルチーア		Edgardo!...

　　　　エドガルド！…

Edgardo エドガルド		M'odi, e trema.

　　　　聞いてくれ、そして戦慄（おのの）くがよい

Sulla tomba che rinserra
　Il tradito genitore,
　Al tuo sangue eterna guerra
　Io giurai nel mio furore:

裏切られた父上が
　閉じ込められておられる墓の上で
　私はお前の血族に永遠の戦いを
　燃える怒りのなかで誓ったのだ。

Ma ti vidi... in cor mi nacque
Altro affetto, e l'ira tacque...

　だがお前に会い…私の心の中に生まれたのだ
　別の愛情が。　そして怒りは沈黙した…

Pur quel voto non è infranto...
Io potrei compirlo ancor!

　とは言え、あの誓いはまだ破られてはいない…
　私はまだそれを果たすこともできるのだ！

Lucia ルチーア	Deh! ti placa... deh! ti frena...

お願い！　気をお鎮めになって…どうか我慢なさって…

Può tradirne un solo accento!

たったひと言が私たちを裏切ることもあるのですから！

Non ti basta la mia pena?
Vuoi ch'io mora di spavento?

私の苦しみがまだ貴方には足りないのですか？
貴方は私が驚きで死んでしまうのをお望みなのですか？

---

(45) sen は seno「胸」のトロンカメント形。

Ceda, ceda ogn'altro affetto;
Solo amor t'infiammi il petto...

　　お捨てください、お捨てください　あらゆるほかの愛情は。
　　愛だけが貴方様の胸を燃やすようにしてください…

Ah! il più nobile, il più santo[46]
De' tuoi voti è un puro amor!

　　ああ！　貴方の誓いの中で一番高貴で一番神聖なものは
　　純粋な愛なのです！

Edgardo
エドガルド

(con subita risoluzione)

Qui, di sposa eterna fede
　Qui mi giura, al cielo innante.

（突然決心したように）

ここで、花嫁の永遠の忠誠を
　ここで私に誓ってくれ　天の前で。

Dio ci ascolta, Dio ci vede...
Tempio, ed ara è un core amante;

　　神は私たちを聞いておられ、私たちをご覧になっている…
　　神殿と祭壇は愛し合う心である

(ponendo un anello in dito a Lucia)

Al tuo fato unisco il mio.
Son tuo sposo.[47]

　　（ルチーアの指に指輪をはめて）
　　お前の運命に私の運命を結びつける。
　　私はそなたの夫である。

---

(46) この最後の2行は、「Spart.」では、un più nobile, più santo / d' ogni voto è un puro amore. になっているが意味はほとんど同じ。
(47) 当時のスコットランドでは一般にある一定の儀式をもって行われた約束を破るのは、この世においては偽証と同じように見せしめ的な罰を受けるものと信じられていた。だから、愛するもの同士の神聖な誓いも結婚証書と同じ重さをもっていた。また、当時のスコットランドでは、愛するもの同士の約束の印には貨幣を割って分け合ったのだが、ここでは、場面によりふさわしいものとして指輪の交換に替えられている。

Lucia ルチーア	*(porgendo a sua volta il proprio anello a Edgardo)* E tua son io. A' miei voti amore invoco.[48]	

(今度は彼女も自分の指輪をエドガルドに差し出し)
そして貴方のものです 私は。
私の誓いに｛証人として｝愛を呼び求めます。

Edgardo エドガルド	A' miei voto invoco il ciel. わたしの誓いには天を呼び求めよう。
Lucia, Edgardo ルチーアとエドガルド	Porrà fine al nostro foco Sol di morte il freddo gel... ああ、私たちの炎に終止符を打つのは 死の凍てつく冷たさだけ…
Edgardo エドガルド	Separarci omai conviene. もはや別れなければ。
Lucia ルチーア	Oh, parola a me funesta! Il mio cor con te ne viene. おお、その言葉は私にとっては不吉です！ 私の心は貴方様と一緒に参ります。
Edgardo エドガルド	Il mio cor con te qui resta. 私の心はそなたとともにここに残る。
Lucia ルチーア	Ah! talor del tuo pensiero Venga un foglio messaggiero, E la vita fuggitiva Di speranza nudrirò.

ああ！ 時々、貴方様の思いを伝える
お手紙を下さいますように。
そうすれば、私はこの儚い命を
希望で養うことができましょうから。

---

(48)「Spart.」では、ルチーアの E tua son io. の次からの４行は次のように替えられている。
a2
 Ah! soltanto il nostro foco   私たちの｛愛の｝火は　ただ
 Spegnerà di morte il gel.   死の冷たさだけが消すでしょう。
Lucia
 A' miei voti amore invoco,   私の誓約には愛を｛証人に｝お願いします
 A' miei voti invoco il ciel.   私の誓約には天を｛証人に｝お願いします。
Edgardo
 A' miei voti invoco il cielo.   私の誓約には天を｛証人に｝お願いしよう。

Edgardo エドガルド	Io di te memoria viva 　Sempre, o cara, serberò. 　　私はそなたの鮮やかな想い出を、 　　　おお、いとしい人よ、いつも抱き続けよう。	
Lucia, Edgardo ルチーアとエドガルド	Verranno a te sull'aura[49] 　I miei sospiri ardenti, 　　貴方の許に届くでしょう、風に乗って 　　　私の熱いため息が。	
	Udrai nel mar che mormora L'eco de' miei lamenti... 　貴方はお聞きになるでしょう、ざわめく海の中に 　　私の嘆きが木霊(こだま)するのを…	
	Pensando ch'io di gemiti Mi pasco, e di dolor. 　私が呻きと苦悩を糧に 　　生きているのだと思って	
	Spargi una mesta[50] lagrima 　Su questo pegno allor.[51] 　　悲しい涙を注いでください 　　　この誓いの印の {指輪の} 上に、そのときは！	
Edgardo エドガルド	Io parto... 　私は出発する。	
Lucia ルチーア	Addio... 　　　　　さようなら…	
Edgardo エドガルド	Rammentati! Ne stringe il cielo!... 　覚えていてくれ！ 　　天が私たちを結びつけていることを！…	

(49)「Spart.」では 最後の aura「(文語で) そよ風」が aure と複数形になっているが意味上は同じである。
(50)「Spart.」では mesta「悲嘆の」から amara「苦い」になっている。
(51)「Spart.」では2人の Duetto が始まる前に次が入る。
Lucia
　Il tuo scritto sempre viva　　　　　貴方のお手紙はいつも生き生きとさせます
　La memoria in me terrà.　　　　　 私の心の中で貴方の想い出を。
Edgardo
　Cara！ Sì, sì, Lucia!　　　　　　　 愛しい人！　そうだ、ルチーアよ！

Lucia ルチーア	E amor.(52) *(Edgardo parte; Lucia si ritira nel castello)* それと愛が。 （エドガルドは出発し、ルチーアは城に入る）

---

(52)「Spart.」では　最後の 1 行は E amor, の代わりに次のようになる。
　Lucia：“Edgardo”
　Edgardo：“Addio”
　また、Duetto の "Addio" で終わることもよくある。

第2部

PARTE SECONDA

PARTE SECONDA
第２部

IL CONTRATTO NUZIALE　結婚の契約

ATTO PRIMO
第１幕

Scena prima　第１場

Gabinetto negli[53] **appartamenti di Lord Asthon.**
アストン卿の住まいの執務室

〈Scena シェーナ〉

Enrico, e Normanno
エンリーコとノルマンノ

Enrico è seduto presso un tavolino: Normanno sopraggiunge.
（エンリーコは小さいテーブルのそばに座っている。ノルマンノがやって来る）

Normanno ノルマンノ	Lucia fra poco a te verrà. ルチーア様はまもなく貴方様のところにお出でなさいます。

---

[53]「Spart.」のト書きには Gabinetto negli はなく Appartamenti di.... だけ。

Enrico エンリーコ	Tremante

L'aspetto. A festeggiar le nozze illustri
Già nel castello i nobili congiunti⁽⁵⁴⁾
Di mia famiglia accolsi; in breve Arturo
Qui volge⁽⁵⁵⁾... *(sorgendo agitatissimo)*

　　　　　　　身を震わせながら
私は彼女を待っている。輝かしい華燭の典を祝うため
既に城内には　我が一族の高貴なる親族たちが
到着している。まもなくアルトゥーロが
ここにやって来るのに…（非常にいらいらして立ち上がりながら）

　　　　　　　E s'ella pertinace osasse
D'opporsi?...

　　　　　　　もし依怙地な彼女があえて
反対するとしたら？…

Normanno ノルマンノ	Non temer: la lunga assenza

Del tuo nemico, i fogli
Da noi rapiti, e la bugiarda nuova
Ch'egli s'accese d'altra fiamma, in core
Di Lucia spegneranno il cieco amore.

　　　　　　　ご心配には及びませぬ。貴方様の敵の
長い間の留守、私どもが奪いました
数々の手紙、き奴が新しい恋の炎に身を焦がせているとの
嘘の便りは、ルチーア様の心の中の
盲目的な恋を消すことになりましょう。

---

(54)「Spart.」では、この1行と次の半行は
　già nel castello i nobili parenti / giunser di mia fmiglia で意味はほとんど同じ。
(55) この volgere は　自動詞で「行く、向かう」の意味。

Enrico
エンリーコ

Ella s'avanza!... Il simulato foglio
Porgimi, ed esci sulla via che tragge
(Normanno gli dà un foglio)
Alla città regina[56]
Di Scozia; e qui fra plausi, e liete grida
Conduci Arturo. *(Normanno esce)*

彼女がやってくる！…ニセの便りを
わたしに差し出せ。そしてお前は出かけるのだ、
（ノルマンノは彼に手紙を渡す）
スコットランドの首都に通じる道に。
そして拍手喝采と喜びの叫び声に包まれて
アルトゥーロを連れて参るのだ。（ノルマンノは退出する）

Scena seconda　第２場

Lucia, e detto.
ルチーアと前出の人

Lucia si arresta presso la soglia: la pallidezza del suo volto, il guardo smarrito, e tutto in lei annunzia i patimenti ch'ella sofferse ed i primi sintomi d'un'alienazione mentale.
（ルチーアは入り口の敷居の上に立ちつくす。顔の蒼白さ、うつろな視線、すべては彼女の心の中の堪え苦しみと錯乱状態の初期の兆候を示している）

Enrico
エンリーコ

Appressati, Lucia.
こちらにお出で、ルチーア。

(Lucia si avanza alcuni passi macchinalmente, e sempre figgendo lo sguardo immobile negli occhi di Enrico)
（ルチーアは機械仕掛けのような足取りで数歩進み出て、エンリーコの目をじっと見詰め続けている）

Sperai più lieta in questo dì[57] vederti,
In questo dì, che d'imeneo le faci
Si accendono per te.—

今日は、もっと喜んでいるお前に会えるものと
期待しておった、今日は。お前のために
婚礼の華燭が灯される日だというのに。

---

(56) la città regina di Scozia とはエジンバラのこと。
(57) dì = giorno で questo dì は「今日」

	Mi guardi, e taci!
	わたしを見ても黙っているのか！
Lucia ルチーア	Il pallor funesto, orrendo 　Che ricopre il volto mio, 　Ti rimprovera tacendo 　Il mio strazio... il mio dolor.
	私の顔を覆う 　不吉で恐ろしい蒼白さは 　貴方を詰問しているのです　私の苦しみと 　…私の苦悩は口には出しませぬが。
	Perdonar ti possa Iddio 　L'inumano tuo rigor.
	神様がお許しくださいますように 　貴方の人でなしの酷さを。
Enrico エンリーコ	A ragion[58] mi fe' spietato 　Quel che t'arse indegno affetto...
	理由があるのだ、わたしを非情にしたのは 　お前に不埒な恋の火を付けた奴めだ…
	Ma si taccia del passato... 　Tuo fratello io sono ancor.
	だが、過去のことは黙ることにしよう… 　わたしはまだお前の兄である。
	Spenta è l'ira nel mio petto, 　Spegni tu l'insano amor.
	私も胸の怒りを消したのだから 　お前も馬鹿げた恋を消すのだ。
Lucia ルチーア	La pietade è tarda omai!...[59] 　Il mio fin di già s'appressa.
	お慈悲はもはや手遅れです！ 　私の最後はもはや迫っております！
Enrico エンリーコ	Viver lieta ancor potrai...
	お前はまだできる　楽しく生きることが…

---

(58) A ragion(e) とは「正当に、正しく」の意味。
(59) Lucia の La pietade... の行から4行目 ...puoi tu dirlo a me? までは作曲されなかったため「Spart.」にはない。

Lucia ルチーア	Lieta! e puoi tu dirlo a me?	
	楽しくですと！　貴方はそんなことを私に言えて？	
Enrico エンリーコ	Nobil sposo...	
	貴族の花婿殿が…	
Lucia ルチーア	Cessa... ah! cessa. Ad altr'uom giurai la fé [60].	
	止めて…ああ、止めて… ほかの男の人に私は誓約を立てました。	
Enrico エンリーコ	Nol potevi [61]... *(iracondo)*	
	（怒りに満ちて）お前はそんなことはできなかったはず…	
Lucia ルチーア	Enrico!...	
	エンリーコ！	
Enrico エンリーコ	Or basti. *(raffrenandosi)* *(porgendole il foglio, ch'ebbe da Normanno)* Questo foglio appien ti dice, 　Qual crudel, qual empio amasti. Leggi.	
	もうたくさんだ…（冷静を取り戻しつつ） （ノルマンノから受け取っておいた手紙を彼女に差し出し） 　この手紙が十分にお前に言うだろう 　どのような残酷で　どんな罰当たりをお前が愛していたかを。 読むがいい。	
Lucia ルチーア	Il core mi balzò! *(legge: la sorpresa, ed il più vivo affanno si dipingono nel suo volto, ed un tremito l'investe dal capo alle piante)*	
	ああ、心が張り裂けそうだ！（読む。驚きと非常に激しい苦しみが彼女の顔に描き出され、頭のてっぺんから足の裏まで震えが走る）	
Enrico エンリーコ	Tu vacilli!... *(accorrendo in di lei soccorso)*	
	お前はよろめいているな！…（彼女を助けに駆け寄りながら）	
Lucia ルチーア	Me infelice!... Ahi!... la folgore piombò!	
	不幸な私！ ああ！　雷に打たれたようだ！	

---

(60)　「Spart.」では giurai mia fe'(de)「私の誓約を立てました」で意味は同じ。
(61)　「Spart.」には Nol potevi... の前に Come?「なんだと？」がある。

	Soffriva nel pianto... languia⁽⁶²⁾ nel dolore...
	私は涙に明け暮れ…苦悩に身もやつれながらも…
	La speme... la vita riposi in un core...
	希望と…命をある心に委ねておりました…
	Quel core infedele ad altra si diè!⁽⁶³⁾...
	L'istante di morte è giunto per me.
	あの不実な心は他の女に身を与えてしまったのです！…
	死のときが私には到来したのです。
Enrico エンリーコ	Un folle ti accese, un perfido amore:
	Tradisti il tuo sangue per vil seduttore...
	Ma degna dal cielo ne avesti mercè:
	Quel core infedele ad altra si diè!
	(Si ascoltano echeggiare in lontananza festivi suoni, e clamorose grida)
	正気でない男がお前に不実な恋の火を点じ、
	お前は卑しい誘惑者のために血族を裏切った。
	だが、お前は天からふさわしい恵みを受けたのだ。
	あの不実な心は他の女に身を与えてしまった！
	（遠くの方で賑やかな楽器の音や騒々しい歓声が響いてくるのが聞こえる）
Lucia ルチーア	Che fia⁽⁶⁴⁾!...
	いったいなんでしょう！…
Enrico エンリーコ	Suonar di giubilo
	Senti la riva⁽⁶⁵⁾?
	祝いの調べが
	聞こえるか、浜で？
Lucia ルチーア	Ebbene?
	それは？
Enrico エンリーコ	Giunge il tuo sposo.
	到着したのだ、お前の花婿殿が。
Lucia ルチーア	Un brivido
	Mi corse per le vene!
	震えが
	全身の血管を走ったわ！

---

(62) languia = languiva = languivo　この半過去形３単を１人称単数に使用するのは詩では普通でこのオペラにもたくさん出てくる。

(63) diè = diede

(64) fia = sarà の古語　essere の直・３単未来

(65) 「Spart.」では Odi la riva. で意味は同じ。

Enrico エンリーコ	A te s'appresta il talamo...	
	お前には新婚の床が近づいている…	
Lucia ルチーア	La tomba a me s'appresta!	
	私には墓が近づいているのです！	
Enrico エンリーコ	Ora fatale è questa! M'odi.	
	今は私の運命の境目なのだ！ 私の言うことを聞いてくれ！	
Lucia ルチーア	Ho sugli occhi un vel!	
	目にベールが掛かっているようだわ！	
Enrico エンリーコ	Spento è Guglielmo[66]... a Scozia Comanderà Maria...	
	グリエルモが死んだのだ…スコットランドでは マリアが王座につくだろう…	
	Prostrata è nella polvere La parte ch'io seguia[67]...	
	一敗地にまみれてしまったのだ 私が従ってきた味方が…	
Lucia ルチーア	Tremo!...	
	震えが来る！	
Enrico エンリーコ	Dal precipizio Arturo può sottrarmi, Sol egli...	
	断崖から アルトゥーロがわしを引き上げられるのだ。 ただ彼だけが！…	
Lucia ルチーア	Ed io?...	
	それで私は？	

---

(66) ウイリアム3世とマリア・スチュアートのことらしいが台本作家が史実を無視しているものと思われ、ここでは歴史は考えないこと。
(67) seguia = seguiva = seguivo

Enrico エンリーコ		Salvarmi Devi.(68)
		お前はわしを救って くれねばならぬ！
Lucia ルチーア		Ma!... でも！…
Enrico エンリーコ		Il devi. *(in atto di uscire)* お前はやらねばならぬ！…（部屋を出ようとしながら）
Lucia ルチーア		Oh ciel!... おお、神様！…
Enrico エンリーコ	*(ritornando a Lucia, e con accento rapido, ma energico)* Se tradirmi tu potrai, 　La mia sorte è già compita... （ルチーアのところに引き返し、口早にしかし力の籠った口調で） もし、お前が私を裏切れば、 　わしの運命はもう終わりだ… Tu m'involi(69) onore, e vita; 　お前はわしから名誉と命を奪い去り、 Tu la scure appresti a me... 　お前はわしに首切り用の斧を用意することになる… Ne' tuoi sogni mi vedrai 　Ombra irata e minacciosa!... そして、お前の夢の中で見るだろう 　わしの怒り狂った恐ろしい影を。	

---

(68) Devi. の次に「Spart.」には次の4行がある。
　Lucia
　　Enrico!　　　　　　　　　エンリーコ！
　Enrico
　　Vieni allo sposo.　　　　　花婿殿のもとにお出で。
　Lucia
　　Ad altri giurai.　　　　　　ほかの男に誓約をしました。
　Enrico
　　Devi salvarmi.　　　　　　お前はわしを救わなくてはならぬ。
(69) involi（involare の直・3単現）は文語で「盗む」

> Quella scure⁽⁷⁰⁾ sanguinosa
> Starà sempre innanzi a te!
>
> {そして} あの血の滴る斧が
> いつもお前の眼前にあるだろう！

Lucia
ルチーア

(volgendo al cielo gli occhi gonfi di lagrime)

> Tu che vedi il pianto mio…
> 　Tu che leggi in questo core,
> 　Se respinto il mio dolore
> 　Come in terra in ciel non è.

（涙で腫れた目を天にむけ）

> 私の涙をご覧になっておられる神様
> 　私の心の中を読み取っておられる神様
> 　もし、私の苦しみが、この地上のように
> 　天では拒まれることがないならば。

Tu mi togli, eterno Iddio,
　Questa vita disperata…

永遠なる神よ、どうかこの私から取り上げてくださいませ
　この絶望に満ちた命を…

Io son tanto sventurata,
Che la morte è un ben per me!

私はあまりにも不幸ですから…
死も私にとりまして有り難いものでございます！

(Enrico parte affrettatamente. Lucia si abbandona su d'una seggiola, ove resta qualche momento in silenzio; quindi vedendo giungere Raimondo, gli sorge all'incontro ansiosissima)

（エンリーコは足早に立ち去り、ルチーアは椅子の上に崩れ、しばらくのあいだ黙ったままじっとしている。それからライモンドがやって来るのを見て、心配そうに彼の方に起き上がる）

---

(70) la scure は、ここでは「断頭台の首切り用の斧」

Scena terza 第３場

〈Scena ed Aria シェーナとアリア〉

Raimondo, e detta.
ライモンドと前出の人（＝ルチーア）

Lucia ルチーア	Ebben? どうなりまして？
Raimondo ライモンド	Di tua speranza L'ultimo raggio tramontò! Credei Al tuo sospetto, che il fratel chiudesse Tutte le strade, onde sul Franco suolo, All'uom che amar giurasti Non giungesser tue nuove[71]: 　　　貴女様の希望の 最後の光も沈んでしまいました！　私も信じておりました 貴女様のお疑いを。つまり、兄上様があらゆる道を閉ざし、 それを通じてフランスにいる 貴女様が愛を誓ったあの方へのお手紙が 届かないようにしているのだと。 　　　　　　io stesso un foglio Da te vergato,[72] per secura mano Recar gli feci... 　　　そこで 私自身で、貴女様のお書きになった一通の手紙を 確かな手段を通じてあの方に届けさせました… 　　　　invano! 　　　　無駄でした！ Tace mai sempre... Quel silenzio assai D'infedeltà ti parla! 相も変わらず音信はございません…そのような音信のなさは 背信行為を貴女様にはっきりと物語っております！

---

(71) nuove は「知らせ、便り」
(72) vergato は古語 vergare「{手紙などを}したためる、書く」の過去分詞。

Lucia ルチーア		E me consigli?
	それで、私に忠告なさることは？	
Raimondo ライモンド	Di piegarti al destino.	
	身を屈して従うことです、運命に。	
Lucia ルチーア		E il giuramento?...
	それでは、あの誓いの言葉は？	
Raimondo ライモンド	Tu pur vaneggi! I nuziali voti Che il ministro di Dio non benedice Né il ciel, né il mondo riconosce.	
	貴女様はまだたわ言をおっしゃっている！　結婚の誓いは司祭が祝福しない限り 神も世間も認めません。	
Lucia ルチーア		Ah! cede
	Persuasa la mente... Ma sordo alla ragion resiste il core.	
	ああ！　崩れるわ 私の信念が、{ライモンドに}説得されて… でも、私の気持ちは、耳を塞ぎ、理性に背いています。	
Raimondo ライモンド	Vincerlo è forza.[73]	
	無理にでもそれに打ち勝たなければ。	
Lucia ルチーア		Oh, sventurato amore!
	なんと不幸な恋でしょう！	
Raimondo ライモンド	Deh! t'arrendi, o più sciagure Ti sovrastano, infelice...	
	さあ、負けるのです、さもないともっと多くの不幸が 貴女様にのしかかって参ります。不幸な方だ…	

---

[73] E' forza＋動詞は「…の義務がある、…しなければならない」

	Per le tenere mie cure,
	Per l'estinta genitrice
	Il periglio[74] d'un fratello
	Ti commova[75]; e cangi il cor...

> 私の優しい気配りに免じて
> 亡くなられた母上のためにも
> 兄上の危険が、{お願いです}貴女様を動かし
> お気持ちをお変えくださるように…

O la madre nell'avello
　Fremerà per te d'orror.

> さもないと、母上は冥府で
> 　貴女様のため恐ろしさで震えられることでしょう。

Lucia　Taci... taci: tu vincesti...
ルチーア　　Non son tanto snaturata.

> お黙り…お黙り　あなたが勝ったわ…
> 　私はそれほど性悪な女ではありません。

Raimondo　Oh! qual gioia in me tu desti!
ライモンド　　Oh qual nube hai disgombrata!...

> おお、なんたる喜びを私に呼び起こさせたのか！
> おお、なんたる暗雲を消し去られたのか！

Al ben de' tuoi qual vittima
　Offri, Lucia, te stessa;

> 貴女様の身内のために　犠牲として
> 　ルチーア様、ご自身を差し出されてください

E tanto sacrifizio
　Scritto nel ciel sarà.

> このように大きな犠牲は
> 　天上に書き留められるでしょう。

---

(74) periglio は文語で pericolo「危険」と同じ。
(75) commova は「Spart.」では mova だが共に commuovere と muovere の接・3単現で「心を動かすように」と「動かすように」の意味で大した相違はない。

> Se la pietà degli uomini
> 　A te non fia⁽⁷⁶⁾ concessa,
> V'è un Dio, v'è un Dio, che tergere
> Il pianto tuo saprà.

　もし人間たちの憐憫の情が
　　貴女様に与えられなくても
　神様がおいでです。貴女様の涙をお拭いくださる
　神がおいでです。

Lucia　> Guidami tu... tu reggimi⁽⁷⁷⁾...
ルチーア　　> Son fuori di me stessa!...

　私を案内してください、貴方が支えてください…
　　私は｛気が動転し｝なにも分かりません！…

> Lungo, crudel supplizio
> La vita a me sarà! *(partono)*

　長くて酷い責め苦となりましょう
　　私にとってこれからの人生は！（2人は出て行く）

---

(76) fia = sarà
(77) 「Spart.」では、この次に Raimondo : Sì, figlia mia, coraggio!「そうだ、私の娘のようなお前、元気を出すのだ！」が入る。

Scena quarta　第４場

Magnifica sala, pomposamente ornata pel ricevimento di Arturo.
Nel fondo maestosa gradinata, alla cui sommità è una porta. Altre porte laterali.
アルトゥーロのためのレセプションが盛大に準備されている豪華な大広間。
奥手にそのてっぺんに扉がある堂々たる階段。広間の両側にも扉＊
　　＊スのト書きはずっと簡単である

〈Finale II. Coro e Cavatina　フィナーレⅡ、コーラスとカヴァティーナ〉

Enrico, Arturo, Normanno
エンリーコ、アルトゥーロ、ノルマンノ

cavalieri e dame congiunti di Asthon, paggi,
armigeri, abitanti di Lammermoor, e domestici, tutti inoltrandosi dal fondo.
騎士たち、淑女たち、アストン家の親族たち、小姓たち、兵士たち、
ランメルモールの住民たち、召使たち、一同奥手から入ってくる。

Enrico, Normanno, Coro
エンリーコ、ノルマンノ、コーラス

Per te d'immenso giubilo
Tutto s'avviva intorno,
Per te veggiam[78] rinascere
Della speranza il giorno.

　貴方様のおかげで　計り知れない喜びで
　　辺りは全て活気づいております
　　貴方様のおかげで　私たちは再び甦るのを見ています
　希望の日が。

Qui l'amistà ti guida,
Qui ti conduce amor,
Qual astro in notte infida,
Qual riso nel dolor.

　　ここに貴方様を友情が導き
　　ここに貴方様を愛がお連れしました
　迷いやすい夜の星として、
　　苦しみの中の笑みとして。

---

(78) veggiamo は vediamo の詩形。

Arturo アルトゥーロ	Per poco fra le tenebre 　Sparì la vostra stella;	

　　もう少しで黒雲のあいだに
　　　消えるところであった　諸君の星は。

Io la farò risorgere Più fulgida, e più bella.	

　　　私は諸君の星を再び昇らせよう
　　　より輝き　より美しく。

La man mi porgi Enrico... Ti stringi a questo cor.	

　　　エンリーコよ、私に手を差し伸べてくれ
　　　私を抱きしめてくれ。

A te ne vengo amico, 　Fratello, e difensor.	

　　　私はやって来た、友人として
　　　　兄弟としてまた援護者として。

〈Finale II. Scena e Quartetto フィナーレII、シェーナと四重唱〉

Dov'è Lucia?	

　　　ところで　ルチーアはどこかな？

Enrico エンリーコ	Qui giungere 　　　　　　Or la vedrem...

　　　　　　今。ここに参るところだ
　　　　　　　　あれは…

Se in lei Soverchia è la mestizia, Maravigliar non dei.(79)	

　　　もし彼女の内の
　　　悲しみが度を越していても
　　　決して、決して驚かれないように。

Dal duolo oppressa e vinta Piange la madre estinta...	

　　　悲しみに打ちひしがれ
　　　　亡き母親を嘆き悲しんでいるのだ…

---

(79) dei は devi（dovere の直・2 単現）の詩形。

Arturo アルトゥーロ	M'è noto.— 　それは、私も存じている… 　　　　　Or solvi un dubbio: 　　　　　そうだ、ある疑問を解いてくれ、 Fama suonò, ch'Edgardo Sovr'essa temerario Alzare osò lo sguardo… 噂がひろまっている。エドガルドめが 図々しくも彼女に 目をつけているとかの…	
Enrico エンリーコ	È ver... quel folle ardia... 確かに、あの狂気の男は図々しくも…	
Normanno, Coro ノルマン、コーラス	S'avanza a te[80] Lucia. こちらにルチア様が進んでいらっしゃる。	

Scena quinta　第5場

Lucia, Alisa, Raimondo, e detti.
ルチーア、アリーサ、ライモンドと前出の人々

Enrico エンリーコ	*(presentando Arturo a Lucia)* Ecco il tuo sposo... *(Lucia fa un movimento come per retrocedere)* （ルチーアにアルトゥーロを紹介して） こちらが、そなたの花婿殿だ… （ルチーアは後ずさりするような仕草をする） 　　　　　　　Incauta!... Perder mi vuoi? 　　　　　*(sommessamente a Lucia)* 　　　　　　　なんという分別のなさだ！ お前は私を破滅させる気か？ 　　　　　（低い声でルチーアに）
Lucia ルチーア	(Gran Dio). 　　　　（神様、どうしよう！）

---

(80)「Spart.」では a te「貴方のところに」が qui「ここに」に替わっている。

Arturo アルトゥーロ	Ti piaccia[81] i voti accogliere Del tenero amor mio...	

喜んで受け容れてくださるように
わしの優しい愛の誓いを…

Enrico
エンリーコ

(accostandosi ad un tavolino su cui è il contratto nuziale, e troncando destramente le parole ad Arturo)

Omai si compia il rito.
T'appressa. *(ad Arturo)*

　　（結婚契約書の載っている小テーブルに近づき、
　　アルトゥーロの言葉を上手に遮り）
　　さあ、儀式を完了させようではないか
　　（アルトゥーロに）近寄ってくだされ。

Arturo
アルトゥーロ

　　　　　Oh dolce invito!

(avvicinandosi ad Enrico che sottoscrive il contratto, egli vi appone quindi la sua firma. Intanto Raimondo, ed Alisa conducono la tremebonda Lucia verso il tavolino)

　　　　　おおなんと優しいお招き！
　　（契約書にサインするエンリーコに近づき、彼も署名する。その間にライモンド
　　とアリーサは震えているルチーアを小テーブルの方に連れて来る）

Lucia
ルチーア

(Io vado al sacrifizio!...)

　　（私は生け贄になるのよ！…）

Raimondo
ライモンド

(Reggi buon Dio l'afflitta.)

　　（神よ、支えたまえ、この苦しむ女性を！）

Enrico
エンリーコ

(piano a Lucia, e scagliandole furtive, e tremende occhiate)[82]
Non esitar.

　　（ルチーアに低い声で、また恐ろしい眼差しを投げ掛け）
　　ぐずぐずするな

Lucia
ルチーア

　　　　　(Me misera!...) *(piena di spavento, e quasi fuori di se medesima, segna l'atto)*
(La mia condanna ho scritta!)

　　　　　（ああ、哀れな私！…）（ルチーアは驚きのあまり、ぼう
　　然としたまま書類にサインする）
　　（私は自分の罪の宣告書を書いてしまった！）

Enrico
エンリーコ

(Respiro!)

　　（ほっとしたわい）

---

(81) piaccia（= piacere の接・3 単現）+動詞で「…がお気に召しますように」
(82)「Spart.」では、この後にエンリーコの Scrivi, scrivi.「書け、書け」が入る。

Lucia ルチーア	(Io gelo ed ardo! Io manco!...)[83] *(si ascolta dalla porta in fondo lo strepito di persona, che indarno trattenuta, si avanza precipitosa)* （私は身が凍え、そして身が火照るよう！ わたしは気を失いそうだ…） （奥の扉から人の騒ぎが聞こえ、人が抑えを振り切って飛び込んでくる）
Tutti 全員	Qual fragor!... *(la porta si spalanca)* Chi giunge?... なんの騒音だ！… （扉が大きく開かれる） 誰がやってきたのだ？…

Scena sesta　第6場

Edgardo, alcuni servi, e detti.
エドガルドと何人かの召使と前出の人々

Edgardo エドガルド	Edgardo. *(con voce ed atteggiamento terribile. Egli è ravvolto in gran mantello da viaggio, un cappello con l'ala tirata giù, rende più fosche le di lui sembianze estenuate dal dolore)* （おれは）エドガルドだ！　（恐ろしい声と身振りである。彼は大きな旅行用のマントに身を包んでいる。へりを下に引っ張った帽子は苦痛に疲れ切った彼の容貌をさらに陰気にしている）
Gli altri ほかの人々	Edgardo!... エドガルドだ！
Lucia ルチーア	Oh fulmine!... *(cade tramortita)* おお、稲妻｛に打たれたようだわ｝！… （気を失って倒れる）
Gli altri ほかの人々	Oh terror!... *(lo scompiglio è universale. Alisa, col soccorso di alcune Dame solleva Lucia, e l'adagia su una seggiola)* おお、なんという恐ろしいことだ！… （大混乱が広まる。アリーサは何人かの淑女の助けを借りてルチーアを抱き起こして、椅子の上にそっと横たえさせる）

---

(83)「Spart.」では、この後、ルチーアのト書き（s'appoggia a Raimondo）「ライモンドにもたれ掛かる」が入っている。

Enrico エンリーコ		(Chi trattiene[84] il mio furore, E la man che al brando corse?
		(誰が止めるのだ　私の怒りと 　剣に走ったわしの手を？
		Della misera in favore[85] Nel mio petto un grido sorse!
		あの気の毒な女性のために 　わしの胸に叫び声が起こった！
		È mio sangue! io l'ho tradita! Ella sta fra morte e vita!...
		彼女は私の血を分けた者だ！　私は彼女を裏切った！ 　彼女は生死の境をさまよっている！…
		Ahi! che spegnere non posso Un rimorso nel mio cor![86])
		ああ　なんと悲しいことよ！　自分の心の中の悔悟の念を 　消し去ることができないとは！)
Edgardo エドガルド		(Chi mi frena in tal momento?... Chi troncò dell'ire il corso?
		(この期におよび、誰が私を止めるのだ？… 　誰が怒りが走るのを止めたのか？
		Il suo duolo, il suo spavento Son la prova d'un rimorso!...
		彼女の苦悩と彼女の驚愕は 　悔悟の証拠だ！…
		Ma, qual rosa inaridita, Ella sta fra morte e vita!...
		だが、萎れたバラの花のように 　彼女は生死の境をさまよっている…
		Io son vinto... son commosso... T'amo, ingrata, t'amo ancor!)
		わたしは負けた…心を打たれた！… 　お前を愛している、不実な女よ、今でもお前を愛している！)

(84)「Spart.」では、trattiene「引き止める」が raffrena「抑える」に替わっているが意味はほとんど同じ。
(85) この1行はイタリア語の順序を変えると in favore della miseria「気の毒な女 {=ルチーア} のために」
(86)「Spart.」では、この1行は i rimorsi del mio core に替わっているが意味は同じ。

Lucia ルチーア	(Io sperai che a me la vita *(riavendosi)* 　Tronca avesse il mio spavento... 　　（望んでいたの　驚愕が私の命を（正気を取り戻し） 　　絶ち切ってくれるようにと…
	Ma la morte non m'aita... Vivo ancor per mio tormento!― 　けれども死は私を助けてはくれなかった… 　私は苦しむためになおも生きている！
	Da' miei lumi[87] cadde il velo... Mi tradì la terra e il cielo!... 　私の目からベールが落ちたのよ 　地と天は私を裏切ったのです！…
	Vorrei pianger, ma non posso... Ah! mi manca il pianto ancor![88]) 　できることなら泣きたいのに、それもできない… 　泣くことさえもできない！）
Arturo, Raimondo, **Alisa, Normanno, Coro** アルトゥーロ、ライモンド、 アリーサ、ノルマンノとコーラス	(Qual terribile momento!... 　Più formar non so parole!... 　　（なんという恐ろしい瞬間だ！ 　　私はもう言葉も口にすることができない！…
	Densa nube di spavento Par che copra i rai del sole!― 　驚きの厚い雲が 　まるで日の光を覆っているようだ！
	Come rosa inaridita Ella sta fra morte e vita!... 　萎れたバラの花のように 　彼女は生死の境にいる！…
	Chi per lei non è commosso Ha di tigre in petto il cor.) 　彼女のために心を打たれない人は 　胸の中に虎のような｛非情な｝心を持っているのだ。）

---

(87) lumi「灯火」は、ここでは「目」の意味。
(88) 「Spart.」では、この1行は m' abbandona il pianto ancora.「泣くことさえも私を捨てた」
　　で意味はほとんど同じ。

⟨seguito e Stretta del Finale II　フィナーレIIのセグイトとストレッタ⟩

Enrico, Arturo, Normanno, Cavalieri
エンリーコ、アルトゥーロ、ノルマンノと騎士たち

T'allontana, sciagurato...
　O il tuo sangue fia versato...
(scagliandosi con le spade denudate contro Edgardo)

罰当たりめ、とっとと出て行け…
　さもないとお前の血が流されるぞ…
（剣を抜いてエドガルドに向かって躍りかかり）

Edgardo
エドガルド

(traendo anch'egli la spada)

Morirò, ma insiem col mio
　Altro sangue scorrerà.

（彼も剣を抜いて）

私は死んでもよい、だが、私の血とともに
　ほかの血も流れるぞ。

Raimondo
ライモンド

(mettendosi in mezzo alle parti avversarie, ed in tuono autorevole)

Rispettate, o voi,[89] di Dio
　La tremenda maestà.

（敵対する両者の間に割り込み、威厳に満ちた口調で）

畏れなさい　お前たち、神の
　恐ろしい権威を。

In suo nome io vel[90] comando,
　Deponete l'ira e il brando...

神の御名において私はお前たちに命じる
　怒りと剣を収めなさい。

Pace pace... egli abborrisce
L'omicida, e scritto sta:
Chi di ferro altrui ferisce,
　Pur di ferro perirà.
(tutti ripongono le spade. Un momento di silenzio)

仲直りです、仲直りです…神は憎まれる
　人を殺すことを。　そして書かれている
剣でほかの人を傷つける者は
　やはり剣で命を落とすだろうと。
（一同剣を収め、一瞬静かになる）

---

(89)　「Spart.」では、o voi「お前たちよ」が in me「私の中に」になっている。
(90)　vel = ve lo「お前たちにそれを」。

Enrico エンリーコ	*(facendo qualche passo verso Edgardo, e guardandolo biecamente di traverso)* Ravenswood[91] in queste porte Chi ti guida?	

（エドガルドの方に数歩進み、斜めから嫌な目つきで眺め）
　　ラヴェンスウッドよ、この扉の中に
　　誰が貴様を導き入れたのだ？

Edgardo エドガルド	*(altero)* 　　　　　　La mia sorte, Il mio dritto... sì; Lucia La sua fede a me giurò.

（昂然と）
　　　　　　自分の運命だ
　　自分の権利だ…そうだ、ルチーアは
　　誓約を私に立てたのだ。

Raimondo ライモンド	Questo amor per sempre obblia:[92] Ella è d'altri!...

　　この恋は永久にお忘れください
　　彼女はほかの人のものです！…

Edgardo エドガルド	D'altri!... ah! no.

　　　　　　ほかの男のだと…ああ！そんなことはない

Raimondo ライモンド	Mira. *(gli presenta il contratto nuziale)*

　　ご覧なさい。（彼に結婚契約書を差し出す）

Edgardo エドガルド	*(dopo averlo rapidamente letto, e figgendo gli occhi in Lucia)* 　　Tremi!... ti confondi! Son tue cifre? *(Mostrando la di lei firma)* 　　　A me rispondi: Son tue cifre? *(con più forza)*

（急いで読んでからルチーアにじっと目をむけ）
　　　　お前は震えている…気が動転している…
　　これはお前の字か？（彼女のサインを見せ）
　　　　　私に答えなさい。
　　お前の字か？（さらに強い口調で）

---

(91)「Spart.」では、Ravenswood「ラベンスウッド家のものよ」が Sconsigliato!「思慮の無いものよ！」に替わっている。

(92)「Spart.」では、この1行 Questo amore per sempre obblia.「この恋を永久に忘れよ」が Questo amore funesto obblia.「この悲しい恋を忘れよ」に替わっている。

Lucia ルチーア	Sì... *(con voce simigliante ad un gemito)* (うめきに似た声で) はい、そうです…
Edgardo エドガルド	*(soffocando la sua collera)* Riprendi Il tuo pegno, infido cor. *(le rende il di lei anello)* Il mio dammi. (怒りをこらえながら) 　　　　　受け取るがよい 　　お前の約束の印を　不実な心の持ち主よ。(彼女に指輪を返す) そして私のを返してくれ。
Lucia ルチーア	Almen[93]... せめて…
Edgardo エドガルド	Lo rendi. それを返すのだ。

(lo smarrimento di Lucia lascia divedere, che la mente turbata della infelice intende appena ciò che fa: quindi si toglie tremando l'anello dal dito, di cui Edgardo s'impadronisce sul momento)

(ルチーアの動転した様子は、この不幸な女性の錯乱した精神が自分がしていることがやっと分かる程度であることを伺い知らせている。それから指から震えながら指輪を抜くと、すぐさまエドガルドは取り上げてしまう)

Hai tradito il cielo, e amor! *(sciogliendo il freno del represso sdegno getta l'anello, e lo calpesta)*
Maledetto sia l'istante
　Che di te mi rese amante...

　　お前は天と愛を裏切った。(それまで抑えていた軽べつの念を捨て、指輪を地面に投げ捨てて、踏みつける)
　呪われよ　わたしをお前の愛する者とした
　　あのときが！…

Stirpe iniqua... abbominata
Io dovea da te fuggir!...

　　邪悪で…憎むべき血統だ
　わたしはお前から逃げるべきであったのだ！…

---

(93)「Spart.」では、この後に2回　Edgardo.... Edgardo... が入る。

	Ah! di Dio la mano irata 　Ti⁽⁹⁴⁾ disperda...
	ああ！　神の怒れる手が 　　お前など消えうせさせてくださるように…
Enrico, Arturo, Normanno, Cavalieri エンリーコ、アルトゥーロ、 ノルマンノと騎士たち	Insano ardir!...
	よくも平気で気違いじみたことを！
	Esci, fuggi il furor che $\genfrac{}{}{0pt}{}{mi}{ne}$ accende 　Solo un punto i suoi colpi sospende...
	出て行け、逃げうせろ　私を(我々を)燃え上がらせる怒りは 　　その一撃をやっとのことで抑えているのだ…
	Ma fra poco più atroce, più fiero 　Sul tuo capo abborrito cadrà...
	だが、間もなくさらに残酷でさらに凶暴な一撃が 　　お前の憎むべき頭に落ちるだろう…
	Sì, la macchia d'oltraggio sì nero 　Col tuo sangue lavata sarà.
	そうだ、このようにどす黒い侮辱の汚れは 　　お前の血で洗い落とされるだろう。
Edgardo エドガルド	*(gettando la spada, ed offrendo il petto a' suoi nemici)*
	Trucidatemi, e pronubo al rito 　Sia lo scempio d'un core tradito...
	(剣を投げ捨てて自分の胸を敵に突き出し)
	私をなぶり殺しにせよ、そして婚礼の儀式の介添えになるように 　　ずたずたに裂かれた私の裏切られた心が…
	Del mio sangue bagnata⁽⁹⁵⁾ la soglia 　Dolce vista per l'empia sarà!...
	私の血潮で濡れた敷居は 　　　邪悪な女にとって楽しい眺めとなるだろう！
	Calpestando l'esangue mia spoglia 　All'altare più lieta ne andrà!
	血の失せた私の亡骸(なきがら)を踏みつければ 　　祭壇にもっと楽しく進めるだろう！

---

(94)「Spart.」では、Ti disperda...「お前など消し去ってくれるように」が Vi disperda...「お前たち（＝ルチーアの一族）を消し去ってくれるように」

(95)「Spart.」では、bagnata「{血で}濡れた」が coperta「覆われた」に替わっている。

	Lucia ルチーア	*(cadendo in ginocchio)* Dio lo salva... in sì fiero momento, 　D'una misera ascolta l'accento[96]... （ひざまずいて） 神様、彼をお救いください、このような恐ろしいときに 　不幸な女の嘆きをお聞きください
		È la prece d'immenso dolore Che più in terra speranza non ha... 　これはもはや地上に希望の無い 　非常に大きな苦しみの願いです…
		E l'estrema domanda del core, 　Che sul labbro spirando mi stà! 　そしてこれが心の最後の願いです 　　私の唇の上で息を引き取りつつある心の！
	Raimondo, Alisa, Dame ライモンドとアリーサ と貴婦人たち	Infelice, t'invola... t'affretta... *(a Edgardo)* I tuoi giorni... il suo stato rispetta. 不幸なお方よ、逃げ去ってくれ…　急いで… （エドガルドに） 　貴方の日々を大切にし…あの方の状態をお判りください。
		Vivi... e forse il tuo duolo fia spento: Tutto è lieve all'eterna pietà. 　生き永らえください…そうすれば貴方の苦しみも消える 　全ては永遠の慈悲の前では軽いのです。　└でしょう。
		Quante volte ad un solo tormento Mille gioie succeder non fa![97] 　いったいなん度、たった一度の苦しみにたいし、{神は} 　千もの喜びが続くようにしてくださったことでしょうか！
		(Raimondo sostiene Lucia, in cui l'ambascia è giunta all'estremo: Alisa, e le Dame son loro d'intorno. Gli altri incalzano Edgardo fin presso la soglia. Intanto si abbassa la tela) （ライモンドは、苦悩が極度に達しているルチーアを支える。アリーサと貴婦人たちはその周りを囲む。ほかの者たちはエドガルドを部屋の敷居まで追い立てる。その間に幕が下りる）

(96) 「Spart.」では、l'accento「（アクセントとはここでは）言葉」が il lamento「嘆き」に替わっている。

(97) この最後の1行は、「Spart.」では、quante gioie apprestate non ha!「どんなに多くの喜びを準備してくださらなかっただろうか！」になっている。

第2幕

ATTO SECONDO
第2幕

Scena prima　第1場

Salone terreno nella torre di Wolferag, adiacente al vestibulo. Una tavola spoglia d'ogni ornamento, ed un vecchio seggiolone ne formano tutto l'arredamento. Vi è nel fondo una porta che mette all'esterno: essa è fiancheggiata da due finestroni, che avendo infrante le invetriate, lasciano scorgere gran parte delle rovine di detta torre, ed un lato della medesima sporgente sul mare.
È notte: il luogo vien debolmente illuminato da una smorta lampada. Il cielo è orrendamente nero; lampeggia, tuona, ed i sibili del vento si mescono coi scrosci della pioggia.

ウルフェラグの塔内の入口ホールに続く1階の大広間。
飾りの一切ないテーブルが1台と古いひじ掛け椅子1脚が部屋の家具全てである。
奥手に外部に通じる扉があり、扉は両側に2つの大きな窓に挟まれている。
窓はガラスが破れているため塔の廃墟のほとんどと海につき出た塔の側面が見える。夜である。
場面は弱々しいランプでぼんやりと照らされている。
空は恐ろしいように黒く、稲妻が光り雷の音がする。
風のぴゅーぴゅー吹く鋭い音が激しく降る雨の音と混じっている。*
*スのト書きはもっと簡単

〈Uragano, Scena e Duetto　嵐、シェーナと二重唱〉

Edgardo
エドガルド

Edgardo
エドガルド

(è seduto presso la tavola, immerso ne' suoi melinconici pensieri; dopo qualche istante si scuote, e guardando a traverso delle finestre)

Orrida è questa notte
Come il destino mio!
(scoppia un fulmine)

(憂鬱な思いに沈んだまま、テーブルのそばに座っている。少しして、はっとしたように身を動かし窓越しに外を見る)

恐ろしい　今夜は
まるで私の運命のように！
(雷が大きく響く)

　　　　　　　　　　　　　　Sì, tuona o cielo...
　　　　Imperversate o turbini[98] ... sconvolto
　　　　Sia l'ordine delle cose,[99] e pera il mondo...

　　　　　　　　　　　　そうだ、おお、天よ、雷鳴を轟かせよ…
　　　　おお、嵐よ、荒れ狂うのだ…目茶苦茶になれ
　　　　万物の秩序が　そして世界は滅びてしまえ…

　　　　Io non m'inganno! scalpitar d'appresso
　　　　Odo un destrier!—

　　　　　　{だが}　私は間違えないぞ！　聞こえる、駿馬の
　　　　　　蹄の音が迫ってくるのが！…

　　　　S'arresta!

　　　　　　止まった！…

　　　　Chi mai della tempesta
　　　　Fra le minacce e l'ire
　　　　Chi puote[100] a me venire?

　　　　　　一体、何者だろう　嵐の
　　　　　　危険と荒れ狂う中を、
　　　　　　誰が私のところに来るのだろう？

Scena seconda　　第２場

Enrico e detto.
エンリーコと前出の人

Enrico　　　　　　　　　　Io. *(gettando il mantello, in cui era inviluppato)*
エンリーコ　　　　　　　　　私だ。（くるまっていたマントを投げ捨て）

Edgardo　　　　　　　　　　Quale ardire!...
エドガルド　　Asthon!
　　　　　　　　　　　　　　なんと大胆不敵なことを！…
　　　　アストンか！

Enrico　　Sì.
エンリーコ　　　そのとおり。

---

(98)「Spart.」では、o turbini「おお、嵐よ」が o fulmini「おお、雷よ」に替わっている。
(99)「Spart.」では、delle cose「万物の」が della natura「{大}自然の」に替わっている。
(100) puote は può {直・３単現} の詩形。

Edgardo エドガルド	Fra queste mura Osi offrirti al mio cospetto!	

この屋敷の中に、
図々しくも私の面前に姿を現すとは！

Enrico エンリーコ	Io vi sto per tua sciagura.[101] Non venisti nel mio tetto?	

私がここにいるのは貴様の災難のためだ
お前は私の家に来なかったとでも言うのか？

Edgardo エドガルド	Qui del padre ancor s'aggira[102] L'ombra inulta[103]... e par che frema!	

ここには未だに彷徨(さまよ)っている　父上の
仇を討たれていない影が…そして震えておられるようだ！

Morte ogn'aura a te qui spira!

　　ここでは空気すべてがお前に死を吹きかけている！

Il terren per te qui trema!

　　大地はお前のために震えている！

Nel varcar la soglia orrenda
  Ben dovesti palpitar.
Come un uom che vivo scenda
  La sua tomba ad albergar[104]!

恐ろしい敷居を跨いだとき
　お前はきっと胸騒ぎがしたに違いない
生きたまま自分の墓に
　住みに降りていく男のように！

Enrico エンリーコ	*(con gioia feroce)* Fu condotta al sacro rito, Quindi al talamo Lucia.	

（残忍な喜びを浮かべ）
ルチーアは神聖な儀式に、
　それから新床に連れていかれたわい。

---

(101)「Spart.」では、この Enrico の言葉2行の間に Edgardo の Per mia?「私の（災難の）ためにだと？」が入る。
(102)「Spart.」では、s'aggira「彷徨い歩く」が respira「息をしている」に替わっている。
(103) inulto は古語で「仇をまだ晴らされていない、仇を取られていない」。
(104) albergare は「住む」で稀な用法。

Edgardo エドガルド	(Ei più squarcia il cor ferito!... Oh tormento! oh gelosia!)[105]	
	(奴は傷ついた心をさらに引き裂く！… おお、なんという責め苦だ！　おお、嫉妬よ！)	
Enrico エンリーコ	Di[106] letizia il mio soggiorno,[107] 　E di plausi rimbombava;	
	わしの住まいは喜びと 　賛美の歓声で割れ返っていた	
	Ma più forte al cor d'intorno La vendetta a me parlava!	
	だが心の周囲ではもっと強く私に 復讐が語りかけていたのだ！	
	Qui mi trassi[108]... in mezzo ai venti La sua voce udia tuttor;	
	わしはここに来たのだ…風の中で ずっとその声が聞こえた。	
	E il furor degli elementi[109] Rispondeva al mio furor!	
	大自然の荒れ狂う様は わしの怒りに呼応していた！	
Edgardo エドガルド	Da me che brami? *(con altera impazienza)*	
	私からなにが欲しいのだ？（堂々としながらも苛立ちを見せ）	
Enrico エンリーコ	Ascoltami:	
	よく聞け	
	Onde punir l'offesa, De' miei la spada vindice[110] Pende su te sospesa...	
	侮辱にたいし罰を加えるため わしの一族の復讐の剣が 吊るされたままになっている　お前の上に…	

---

(105)「Spart.」では、この後に Ebben?「それで？」が続く。
(106)「Spart.」では、この前に、Ascolta.「よく聞け」が入る。
(107) この soggiorno は「住まい」の意味で稀な用法。
(108) mi trassi は trarsi「自分を連れてくる＝来る」で稀な用法。
(109) gli elementi は「{空気、火、水、土の4つの自然の元素を意味するところから、ここでは} 大自然全体」の意味。
(110) vindice は古語で文語の形容詞「仇を討つ」。

	Ch'altri ti spenga? Ah! mai...
	Chi dee svenarti[111] il sai!
	誰がお前の命を消すのかだと？　ああ！　絶対にだめだ…
	誰がお前の血を流し殺さねばならぬか　お前は知っている！
Edgardo エドガルド	So che al paterno cenere Giurai strapparti il core. 知っているとも　父上の遺灰に 　お前の心臓をむしり取ってやると誓ったことを。
Enrico エンリーコ	Tu!... 　貴様！…
Edgardo エドガルド	Quando? *(con nobile disdegno)* 　　いつだ？（誇り高く怒りを見せながら）
Enrico エンリーコ	Al primo sorgere Del mattutino albore. 　　　　最初の光が上るとき 夜明けの。
Edgardo エドガルド	Ove? 　場所は？
Enrico エンリーコ	Fra l'urne gelide Dei Ravenswood. 　凍てつく墓のあいだで ラヴェンスウッド一族の。
Edgardo エドガルド	Verrò. 　　　行くとも。
Enrico エンリーコ	Ivi a restar preparati. 　そこに残り続ける用意をしておけ
Edgardo エドガルド	Ivi... t'ucciderò. 　そこで…お前を殺してやるのだ。
a 2 2人で	O sole, più rapido[112] a sorger t'appresta... おお太陽よ　より早く昇るように支度をしてくれ

---

(111) svenare は「{血管（vena）を切って血を流し} 殺す」。
(112) 「Spart.」では、più ratto だが意味は同じ。

Ti cinga di sangue ghirlanda funesta...
Così tu⁽¹¹³⁾ rischiara—l'orribile gara
D'un odio mortale, d'un cieco furor.

 血の不吉な花輪を頭に飾ってくれ
 そして、お前は照らし出すのだ―恐ろしい勝負を
 死ぬほどの憎しみと盲目的な怒りの。

Farà di nostr'alme atroce governo⁽¹¹⁴⁾
 Gridando vendetta, lo spirto d'Averno...

 地獄の魂は我々の魂をズタズタにするだろう
  復讐を叫びながら…

(l'oragano è al colmo)

（嵐は最高潮に達している）

Del tuono che mugge—del nembo che rugge
Più l'ira è tremenda, che m'arde nel cor.
      (Enrico parte: Edgardo si ritira)

 とどろく雷鳴より、ほえる黒雲より
 もっと恐ろしいぞ 私の心の中で燃える怒りは。
     （エンリーコは立ち去り、エドガルドは引き下がる）

---

(113)「Spart.」では、Così tu の代わりに Con quella (= con la ghirlanda funesta di sangue)「そ れでもって」になっている。
(114) fare atroce ｛または aspro｝ governo di... は「…を皆殺しする、殺戮する」の意味で稀な用例。

第2幕

Scena terza　第3場

Galleria nel castello di Ravenswood, vagamente illuminata per festeggiarvi le nozze di Lucia.
ラヴェンスウッド城のホール。ルチーアの婚礼を祝うため美々しく照らされている。

〈Coro コーラス〉

Dalle sale contigue si ascolta la musica di liete danze. Il fondo della scena è ingombro di paggi ed abitanti di Lammermoor del castello. Sopraggiungono molti gruppi di Dame e Cavalieri sfavillanti di gioia, si uniscono in crocchio e cantano il seguente
隣接する部屋からは楽しい舞踏曲が聞こえてくる。場面奥手はランメルモール城の小姓たちや住民で混雑している。宝石できらびやかに飾った淑女や騎士たちの幾つものグループが到着し、一団となって談笑したり次のように歌ったりする。

Coro コーラス	Di vivo giubilo[115] S'innalzi un grido:
	生き生きとした喜びの 歓声が高く上がるように、
	Corra di Scozia Per ogni lido;[116]
	スコットランドのあらゆる岸を 走り伝えるように、
	E avverta i perfidi Nostri nemici, Che più terribili, Che più felici, Ne rende l'aura D'alto favor;
	そして腹黒い 我々の敵に告げるのだ、 我々をさらに恐ろしいものにし さらに幸福にしてくれることを 高い恵みの 風が。

(115)「Spart.」では、Di vivo giubilo が D' immense giubilo 「盛大な喜び」に替わっている。
(116) この1行は「Spart.」では、di lido in lido「浜から浜へ」で意味は同じ。

Che a noi sorridono
  Le stelle ancor.
{また告げるのだ} 我々にはまだたくさんの幸運の星が
  微笑んでいることを。

Scena quarta　第4場

〈Gran Scena con Cori　コーラスを伴ったグラン・シェーナ〉

Raimondo, Normanno e detti.
ライモンド、ノルマンノと前出の人々

Normanno traversa la scena, ed esce rapidamente.
ノルマンノは場面を横切り急いで出て行く

Raimondo　*(trafelato, ed avanzandosi a passi vacillanti)*
ライモンド
Cessi... ahi cessi quel contento...
（息を切らし、よろめく足取りで進んできて）
止めよ…止めるのだ　そのような喜びは…

Coro　Sei cosparso di pallore!
コーラス　Ciel! Che rechi?
お前は真っ青だ！…
おお神よ！　お前はなんの知らせを運んできたのだ？

Raimondo　Un fiero evento!
ライモンド　残酷な出来事だ！

Coro　Tu ne agghiacci di terrore!
コーラス　お前は我々を恐怖で凍らせる！

Raimondo ライモンド	*(accenna con mano che tutti lo circondino, e dopo avere alquanto rinfrancato il respiro)* Dalle stanze ove Lucia Trassi già col suo consorte,[117] Un lamento... un grido uscia, Come d'uom vicino a morte!

(皆が彼を取り囲むように手で合図をし、少し息を整えてから)

ルチーアが彼女の夫と一緒に
   すでに引き下がっていた部屋から
うめき声が…叫び声が聞こえてきた
まるで死にかけている男のような！

Corsi ratto in quelle mura[118]...
Ahi! terribile sciagura!

   私は急いでその部屋に駆け込んだ…
   ああ！　恐ろしい惨事だ！

Steso Arturo al suol giaceva
Muto freddo insanguinato!...

   アルトゥーロが床に横たわっていた
   言葉もなく、冷たく血まみれになって！…

E Lucia l'acciar[119] stringeva,
Che fu già del trucidato!...
         (tutti inorridiscono)

   そしてルチーアは剣を握りしめていた
   殺された男のものだった剣を！
         （一同恐れ戦慄く）

Ella in me le luci[120] affisse...
"Il mio sposo ov'è?" mi disse:

   彼女は私にじっと目を据えて…
   "私の夫はどこ？"と言った

E nel volto suo pallente
Un sorriso balenò!

   それから彼女の真っ青な顔に
   微笑みが閃いた！

---

(117) Trassi は trarre の直・1 単遠過去だが、ここでは自動詞的用法で「赴く」の意味。「Spart.」ではこの 1 行は、Tratta avea col suo consorte に替わっているが意味は同じ。

(118) le mura は il muro「壁、塀」の複数形だが、女性形複数の場合は「(ある場所を囲む) 城壁・壁」などを意味し、ここでは「部屋」のこと。

(119) acciar(o) は詩語で「剣、刀」のこと。

(120) le luci はここでは「灯火、光」ではなく詩ではよく「両目」を意味する。

	Infelice! della mente
	La virtude[121] a lei mancò!

> 不幸な女性だ！　理性の
> 力が彼女には無くなっていた！

Tutti
全員
Oh! qual funesto avvenimento!...
Tutti ne ingombra cupo spavento!

> おお！なんと不吉な出来事だ！…
> 陰気な驚きが我々みんなの心を塞いでいる！

Notte, ricopri la ria sventura
Col tenebroso tuo denso vel.

> 夜よ　覆い給え　この邪悪な不幸を
> お前の暗くて厚いベールで。

Ah! quella destra di sangue impura
L'ira non chiami su noi del ciel.—

> ああ！あの血で汚れた右手が
> 我々の上に天の怒りを呼び寄せませんように。—

〈Scena ed Aria シェーナとアリア〉

Raimondo
ライモンド
Eccola!

> あ、彼女だ！

---

(121) la virtude della mente とは「理性の力」の意味。

Scena quinta 第5場

Lucia, Alisa e detti.
ルチーア、アリーサと前出の人々

Lucia è in succinta e bianca veste: ha le chiome scarmigliate, ed il suo volto, coperto da uno squallore di morte, la rende simile ad uno spettro, anzicché ad una creatura vivente.
Il di lei sguardo impietrito, i moti convulsi, e fino un sorriso malaugurato manifestano non solo una spaventevole demenza, ma ben anco i segni di una vita, che già volge al suo termine.

ルチーアは白い衣服をはだけて身につけ、髪はばらばらである。死の蒼みで覆われた顔は、彼女を生きている人というよりはむしろ亡霊のように見せている。
石のような眼差し、わなわなと震える身動き、不吉な微笑みまでが、彼女の驚くべき狂気だけでなく終末に向かっている命の印をはっきりと表している。

Coro コーラス	Oh giusto cielo! Par dalla tomba uscita! おお、神様！ まるで墓から出てきたようだ！
Lucia ルチーア	Il dolce suono Mi colpì di sua voce!… あの方の声の 優しい響きが私を打ちました！… Ah! quella voce M'è qui nel cor discesa!… ああ、あのお声が ここ、私の胸に降りてきました！… Edgardo! Io ti son resa[122]: Fuggita io son da' tuoi nemici…— エドガルド！　私は貴方のところに戻ってきました、 私は貴方の敵から逃げて来ました…

---

[122] Io ti son resa. の rendere は「連れて来る、運ぶ」の意味で、ここでは「あなたの許に戻って参りました」の意味。

> Un gelo
> Mi serpeggia nel sen!... trema ogni fibra!⁽¹²³⁾...
> Vacilla il piè!...

　　　　　　　　　氷のようなものが
私の胸の中を這い回っているの！…震えるの　体中が！
踉(よろ)めくの　足が！…

> 　　　　　　　　Presso la fonte, meco
> T'assidi alquanto...

　　　　　　　　　泉のそばに私と
座ってね　少しだけ…

> 　　　　　　　　Ahimè!... Sorge il tremendo
> Fantasma e ne separa!...

　　　　　　　ああ、いやだ！　恐ろしい幽霊が
浮かび上がってくるわ、そして私たちを別れさせる！…

> Qui ricovriamci, Edgardo, a piè dell'ara...
> Sparsa è di rose!...

ここに隠れましょうよ、エドガルド、祭壇の足下に…
バラの花が撒かれているわ！…

> 　　　　　　　　Un'armonia celeste
> Di', non ascolti?—

　　　　　　　　天上のハーモニーを
ねえ、聴いていないの？

> 　　　　　　　　　　Ah, l'inno
> Suona di nozze!...

　　　　　　　　ああ、奏でられている
結婚式の音楽が！…

> 　　　　　　　　　　Il rito
> Per noi, per noi s'appresta!...

　　　　　　　　式は
私たちのために準備されているのよ！　…

> 　　　　　　　　　　Oh me felice!

　　　　　　　　　　おお、幸福な私！

> Oh gioia che si sente, e non si dice!

　　おお、この喜びは心に感じるが口には出せない程｛大きいの｝です！

---

(123) ogni fibra は「身体のあらゆる筋」でここでは「体中、体全体」の意味。

	Ardon gl'incensi... splendono
	Le sacre faci intorno!...
	お香が焚かれ…輝いているわ
	あたりに神聖なる篝火が！
	Ecco il ministro!
	ほら司祭様よ！…
	Porgimi la destra...
	私に差し出してください　右手を…

Oh lieto giorno!

おお、嬉しい日だこと！

	Alfin son tua, sei mio!
	とうとう私は貴方のもので貴方は私のもの！
	A me ti dona un Dio...
	私に貴方を下さったの　神様が…
	Ogni piacer più grato
	Mi fia con te diviso...
	あらゆる喜びは私にはもっと楽しくなるわ
	貴方と分かち合えば…
	Del ciel clemente un riso
	La vita a noi sarà!
	私たちにとって人生は
	慈悲深い天の微笑みでありましょう！

Raimondo, Alisa, e Coro ライモンド、アリーサとコーラス	In sì tremendo stato,[124] Di lei, signor, pietà. *(sporgendo le mani al cielo)* このような恐ろしい状態の 彼女に、おお神よ、お慈悲を。 （両手を天に差し伸べる）
Raimondo ライモンド	S'avanza Enrico!... やって来る　エンリーコが！…

---

[124]「Spart.」では、この1行は、Ambi in sì crudo stato「2人ともこのような酷い状態だ」に替わっている。

Scena sesta　第6場

Enrico, Normanno e detti.
エンリーコ、ノルマンノと前出の人々

Enrico エンリーコ	*(accorrendo)* 　　　　　　　　Ditemi: Vera è l'atroce scena? （駆け寄ってきて） 　　　　　　　お前たち言ってくれ 本当なのか　恐ろしい光景とは？
Raimondo ライモンド	Vera, pur troppo! 本当でございます、残念ながら！
Enrico エンリーコ	Ah! perfida!... Ne avrai condegna pena... *(scagliandosi contro Lucia)* 　　　　　　　ああ、性悪な女め！… お前はそれにふさわしい罰を受けるのだ…（彼女に飛びかかって）
Raimondo, Alisa, Coro ライモンド、アリーサとコーラス	T'arresta... Oh ciel!... お待ちください…おお、神よ！…
Raimondo ライモンド	Non vedi Lo stato suo? 　　　　　　　お分かりになりませんか 彼女の状態が？
Lucia ルチーア	Che chiedi?... *(sempre delirando)* 　　　　　貴方はなにが欲しいの？…（相変わらず譫言(うわごと)を言いながら）
Enrico エンリーコ	Oh qual pallor! *(fissando Lucia, che nell'impeto della collera non aveva prima bene osservata)* おお、なんという蒼白さだ！ （それまで怒りに駆られてよく観察していなかったルチーアを見つめ）
Lucia ルチーア	Me misera!... 　　　　　　可哀想な私！
Raimondo ライモンド	Ha la ragion smarrita. 理性を失っておられます。
Enrico エンリーコ	Gran Dio!... おお、神よ！…

Raimondo ライモンド	Tremare, o barbaro, Tu dei per la sua vita. 貴方は戦慄くべきだ　おお、野蛮な心の持ち主よ、彼女の命のために。
Lucia ルチーア	Non mi guardar sì fiero... Segnai quel foglio è vero...— そんなに恐ろしい眼差しで私を見ないで… 私があの書類に署名したのは本当です…
	Nell'ira sua terribile Calpesta, oh Dio! l'anello!... あの人は恐ろしい怒りで 踏みつけました、おお神様！　あの指輪を！
	Mi maledice!... Ah! vittima Fui d'un crudel fratello, 私を呪っておられる！…ああ、私は犠牲でした 残酷な兄の。
	Ma ognor t'amai... lo giuro...[125] だけど、いつも貴方を愛していました…誓います…
	Chi mi nomasti? Arturo!— 貴方は誰の名を私に言いました？　アルトゥーロですって！
	Ah! non fuggir... Perdono... ああ、逃げないで…お許しを…
Gli altri ほかの人々	Qual notte di terror! なんと恐ろしい夜だ！

---

[125]「Spart.」では、この後にエンリーコとライモンドの Ah! di lei, Signor, pieta.「ああ！　彼女に、神よ、お慈悲を」が入る。

Lucia
ルチーア

Presso alla tomba io sono[126]...
　Odi una prece ancor.—
Deh! tanto almen t'arresta,
　Ch'io spiri a te d'appresso...
　Già dall'affanno oppresso
　Gelido langue il cor!
Un palpito gli resta...
　È un palpito d'amor.

墓の近くに私はいます…
　聞こえますね、まだお祈りが—
お願い！ せめて少し留まって、
　私があなたのおそばで息を引き取れるように…
　すでに苦悩に押しつぶされ
　心は氷のように冷たく萎えようとしています！
唯一つの鼓動が残っているの、
　それは愛の鼓動です。

Spargi di qualche pianto[127]
　Il mio terrestre velo,
　Mentre lassù nel cielo
　Io pregherò per te...

撒いてくださいね　少しばかり涙を
　わたしの地上のベール｛＝つまり身体｝の上に。
　その間に　私はあの上の天国で
　貴方のためにお祈りをいたしましょう…

Al giunger tuo soltanto
　Fia bello il ciel per me!
(resta quasi priva di vita, fra le braccia di Alisa)

貴方がお着きになって初めて
　天国は私には美しくなるでしょう！
　（アリーサの腕の中でほとんど死んだようになっている）

Raimondo, Alisa, Coro
ライモンド、アリーサとコーラス

Omai frenare il pianto
　Possibile non è!

もう涙をこらえるのは
　無理だ！

---

(126) この行の Presso alla tomba から8行下の …palpito d'amore までの8行は初め作曲されたが、後に作曲者自身が削除。このため「Spart.」にはない。
(127) 「Spart.」では、この1行は Spargi d'amaro pianto「苦い涙を注ぎください」。

Enrico エンリーコ	(Vita di duol, di pianto[128] Serba il rimorso a me!)[129] （苦悩と涙の人生を 　後悔が私に残す！）

〈Scena シェーナ〉

Si tragga altrove... Alisa
Pietoso amico[130]... *(a Raimondo)* Ah! voi
La misera vegliate...
(Alisa e le Dame conducono altrove Lucia)
　　　　　　　　Io più me stesso
In me non trovo!...
(parte nella massima costernazione: tutti lo seguono, tranne Raimondo e Normanno)

ほかの場所に彼女を連れて行ってくれ…アリーサ、
慈悲深い友よ…（ライモンドに）ああ！　貴方は
哀れな彼女に付き添っていてください…
（アリーサと貴婦人たちはルチーアをほかの場所に連れて行く）
　　　　　　　わたしは　もはや
自分が分からない！…
（非常な悲嘆にくれながら退出し、ライモンドとノルマンノを除き、皆は後に続く）

Raimondo ライモンド	Delator! gioisci Dell'opra tua. 　　　　スパイめが！　喜ぶがよい お前の仕業を。
Normanno ノルマンノ	Che parli! 　　　なにを言う！

---

(128)「Spart.」では、この1行は Giorni d' amaro pianto「苦い涙の日々」に替わっているが、あとのエンリーコのフレーズでは vita di duol, di pianto とになっている。
(129)「Spart.」では、この後にライモンドとコーラスの Più raffrenare il pianto / possibile non è.「もう、涙を堪えるのは不可能だ」が入る。
(130)「Spart.」では、Pietoso amico が Uomo del Signore「神に仕える人よ」に替わっている。

Raimondo ライモンド	Sì, dell'incendio che divampa e strugge Questa casa infelice hai tu destata La primiera favilla.^(131)

そうだ、この不幸な家を
燃やし壊す火事の最初の火花は
お前が起こしたのだぞ。

Normanno ノルマンノ	Io non credei...

　　　　　　私は思わなかったのだ{こんなことになろうとは}…

Raimondo ライモンド	Tu del versato sangue, empio! tu sei La ria cagion!... Quel sangue Al ciel t'accusa, e già la man suprema Segna la tua sentenza... Or vanne,^(132) e trema. *(Egli segue Lucia: Normanno esce per l'opposto lato).*

お前だ　流された血潮の、邪悪な男よ！　お前だぞ
罪深い原因は！　あの血潮は
天にたいしお前を告発している　そしてすでに最高の御手は
お前の宣告書に署名なさっている…さあ行けそして戦慄(おのの)け。
（彼はルチーアの後を追い、ノルマンノは反対側から出て行く）

---

(131)「Spart.」では、favilla が scintilla に替わっているが意味は同じ。
(132) vanne は ne va' で「ここから立ち去れ」の意味。

Scena settima　第7場

Parte esterna del Castello, con porta praticabile: un appartamento dello stesso è ancora illuminato internamente. In più distanza una cappella: la via che vi conduce è sparsa delle tombe dei Ravenswood.—Albeggia.

出入りのできる扉のある城の外側。城の一室はまだすっかり灯で照らされている。離れたところに礼拝堂があり、そこに通じる道にはあちこちにラヴェンスウッド家の墓が散らばっている。　—　夜明けである。

〈Aria Finale フィナーレのアリア〉

Edgardo エドガルド	Tombe degli avi miei, l'ultimo avanzo[133] 　D'una stirpe infelice 　Deh! raccogliete voi— 我がご先祖の墓よ、 　不幸な一族の最後に残ったものを 　ああ、お受け入れください。

　　　　　　　　　　　　Cessò dell'ira
Il breve foco... sul nemico acciaro
Abbandonar mi vo'.
　　　　　　　消えました　怒りの
　　短い火も…　敵の刃の上に
　　私は身を投げ出したいのです。

　　　　　　　　　　　Per me la vita
È orrendo peso!... l'universo intero
È un deserto per me senza Lucia!...
　　　　　　私にとって人生は
　　恐ろしい重みになっています！…宇宙全体は
　　ルチーアなしには私には砂漠と同じです！…

---

[133] avanzo は「残り物」でここではエドガルドが自分を嘲笑っている。

Di liete faci ancora[134]
Splende il castello! Ah! scarsa[135]
Fu la notte al tripudio!... Ingrata donna!
Mentr'io mi struggo in disperato pianto,
Tu ridi, esulti accanto
Al felice consorte!

　楽しげな篝火でまだ
　城は輝いている！　ああ！　もう短いぞ
　祭りの夜は！…不実な女よ！
　私が絶望の涙に身を溶かしているのに
　お前は笑い、喜びに耽っている
　幸福な花婿の傍らで！

Tu delle gioie in seno, io... della morte!

　お前は喜びのうちに　私は…　死のうちにいる！

　Fra poco a me ricovero
　　Darà negletto avello...
　　Una pietosa lagrima
　　Non scorrerà[136] su quello!...

　　まもなく私に安らかに身を置く場所をくれるのだ
　　　忘れ去られた墓が…
　　　情けの籠もった一滴の涙も
　　　その上に流されることはあるまいに！…

Fin degli estinti, ahi misero!
Manca il conforto a me!

　ああ、惨めな私よ！　死者の最後の
　慰めすらも私には欠けるのだ！

---

(134)「Spart.」では、この1行は di faci tuttavia「だが、篝火で」。
(135) scarsa は祝宴が長く続き夜は「もう僅かしか残っていない」の意味。
(136)「Spart.」では、non scorrerà が non scenderà「落ちることはなかろう」に替わっている。

Tu pur, tu pur⁽¹³⁷⁾ dimentica
　Quel marmo dispregiato:
　Mai non passarvi, o barbara,
　Del tuo consorte a lato...
　Rispetta almen le ceneri
　Di chi moria per te.

お前は、どうか忘れてくれ
　あの侮辱された大理石｛の墓｝を。
　おお、野蛮な女よ、決してそこを通らないでくれ
　お前の花婿と連れ立って…
　せめて敬意を表してくれ
　お前のために死んだ者の遺灰に。

Scena ottava　第8場

Abitanti di Lammermoor, dal castello, e detto.
城から｛出てくる｝ランメルモールの住民たちと前出の人

Coro
コーラス

Oh meschina! oh caso orrendo!
　Più sperar non giova omai!...
　Questo dì che sta sorgendo
　Tramontar tu⁽¹³⁸⁾ non vedrai!

おお、なんと惨めな女性だろう！　おお、なんと恐ろしい出来事だ！
　もはや、望みは役にも立たぬ！…
　貴女は　いま昇るこの日が
　沈むのを見ることはあるまい！

Edgardo
エドガルド

Giusto cielo!... Ah! rispondete:
Di chi mai, di chi piangete?

おおなんということだ！　ああ！　答えてくれ
一体なんのことを、誰のことを嘆いているのだ？

Coro
コーラス

Di Lucia.
ルチーア様のことです

Edgardo
エドガルド

Lucia diceste! *(esterrefatto)*⁽¹³⁹⁾
ルチーアと言ったな！（愕然として）

---

(137) pur は pure のトロンカメントで、pure は文語では「本当に」の意味。
(138) 「Spart.」では、この tu は più に替えられ non とで「もはや…でない」の意味になる。
(139) 「Spart.」では、このあと Su parlate.「さあ、話してくれ」が続く。

Coro コーラス	Sì; la misera sen muore. Fur le nozze a lei funeste... Di ragion la trasse amore... S'avvicina all'ore estreme, E te chiede... per te geme...	

    はい、気の毒な方は死にかけておられます…
    結婚式はあの方にとって不幸でした…
    愛が理性を失わせてしまいました…
    臨終に近づいておられます
    貴方を求め…貴方のために呻いておられます…

Edgardo エドガルド	Ah! Lucia! Lucia!... *(si ode lo squillo lungo, e monotono della campana de' moribondi)*

    ああ！　ルチーア！　ルチーア！…
    （臨終を告げる鐘の長くて単調な響きが聞こえる）

Coro コーラス	Rimbomba Già la squilla in suon di morte!

        鳴り響いている
    もう、死を告げる鐘の音が！

Edgardo エドガルド	Ahi!... quel suono al cor mi piomba![140] — È decisa la mia sorte!...

    なんと！…あの音は私の胸に激しく落ちてくる！—
    決まったぞ　私の運命は！…

Rivederla ancor vogl'io...
Rivederla, e poscia... *(incamminandosi)*

    もう一度彼女に会いたい…
    彼女を見て　それからだ…（歩き始める）

Coro コーラス	Oh Dio!... *(trattenendolo)* Qual trasporto sconsigliato!... Ah! desisti... ah! riedi in te...[141] *(Edgardo si libera a viva forza, fa alcuni rapidi passi per entrare nel castello, ed è già sulla soglia, quando n'esce Raimondo)*

        おお神よ！…（彼を引き止めようとしながら）
    なんという勢いだ、無分別者は！…
    ああ、止めなさい…ああ！　気を確かにして…
    （エドガルドは力まかせに人々の手を振りほどき、城に入ろうと急ぎ足で進む。すで
    に入口に立ったときライモンドが出てくる）

---

(140)　「Spart.」では、al cor mi piomba が in cor mi piomba で意味はほとんど同じ。
(141)　この行の最後の riedi in te... は「（自分に＝）正気に戻れ」の意味。

Scena ultima 最終場

Raimondo e detti.
ライモンドと前出の人々

Raimondo
ライモンド

Ove corri sventurato?[142]
　Ella in terra più non è.
(Edgardo si caccia disperatamente le mani fra' capelli, restando immobile in tale atteggiamento, colpito da quell'immenso dolore che non ha favella. Lungo silenzio)

不幸な方よ、どこに駆けておいでだ？
　彼女はもはや地上にはおられないぞ
（エドガルドは絶望して両手を髪の中に突っ込み、言葉も出せないほどの大きな
苦痛に打たれたような態度で身動きもせずにいる。長い沈黙）

Edgardo
エドガルド

(scuotendosi)
Tu che a Dio spiegasti l'ali,
　O bell'alma innamorata,
　Ti rivolgi a me placata...
　Teco ascenda il tuo fedel.

（はっとしたように身を振るわせ）
神のみもとに翼を広げて行ったお前よ
　おお、美しい愛する魂よ、
　心を鎮め私の方を向いてくれ
　お前とともにお前の忠実な男が｛天に｝昇れるように。

Ah! se l'ira dei mortali
　Fece a noi sì lunga[143] guerra,
　Se divisi fummo in terra,
　Ne congiunga il Nume[144] in ciel.
(trae rapidamente un pugnale e se lo immerge nel cuore)

ああ！　人間たちの怒りが
　我々にたいしてこのように長い戦いをしたのだから
　我々は地上で離れ離れにさせられてしまったのだから
　神様が我々を天で一緒にさせてくださいますように。
（素早く短剣を抜くと自分の心臓に深く突き立てる）

---

(142)「Spart.」では、行の初めの Ove corri が Dove corri に替わっているが意味は同じ。
(143)「Spart.」では、この句の真ん中の sì lunga は sì cruda「このように酷い」に代わっている。
(144) il Nume は「神」。

	Io ti seguo...
	(tutti si avventano, ma troppo tardi, per disarmarlo)
	私はお前の後を追うぞ…
	（一同は飛びかかるが、彼から短剣を取り上げるにはすでに遅い）
Raimondo ライモンド	Forsennato!... 気が狂ったのか！…
Coro[145] コーラス	Che facesti!... なんということをしたのだ！…
Raimondo, Coro ライモンドとコーラス	Quale orror! なんと恐ろしいこと！
Coro コーラス	Ahi tremendo!... ahi crudo fato!... 痛ましや！　恐ろしや！…残酷な運命だ！
Raimondo ライモンド	Dio, perdona un tanto error. *(prostrandosi, ed alzando le mani al cielo: tutti lo imitano: Edgardo spira)* 神よ、このような大きな過ちをお許しくださいますように。 （地にひれ伏し、両手を天に差し伸べる。みなは彼にならう。エドガルドは息を引き取る）

---

[145] ここから最後までの4句は、次のように長くされることもある。

Raimondo e Coro	
Ah! che fai?	ああ！　お前、なにをするのだ！
Edgardo	
Morir voglio.	私は死にたいのだ。
Raimondo e Coro	
Ritorna in te.	正気に戻るのだ。
Raimondo	
Che facesti?	お前はなにをした？
Edgardo	
A te vengo... o bell' alma...	恋しい美しい魂よ、私はお前の許に行く
Ti rivolgi al tuo fedel.	お前の忠実な男の方に向いてくれ
Ah, se l' ira dei mortali...	ああ、人間の怒りが・・・
Sì cruda guerra...	かくも残酷な戦いを・・・{起こさせたとしても}
O bell' alma inamorata,	おお、美しい恋しい魂よ
Ne congiuga il Nume in Ciel.	神が天で我々を結んでくださるように。
Raimondo	
Sciagurato.... pensa al ciel.	罰当たりめが、天のことを考えよ！
Coro	
Quale orrore!	なんと恐ろしいことよ！
Raimondo	
Oh Dio, perdona a tanto orror.	おお、神よかくも恐ろしいことにお許しを。
Coro	
Oh tremendo, oh nero fato.	おお、{なんと} 恐ろしい　暗黒の運命か。

あとがき

ドニゼッティの生涯

　ガエターノ・ドニゼッティ（Gaetano Dinizetti）の生涯および作品については、これまでに多くの著者がとりあげたのみならず、専門的な図書もあるためここでは簡単に触れるだけに留めたい。

　ドニゼッティは、1797年11月29日、北伊ベルガモ市の近郊で、織物職工を両親に生まれ、当時の社会情勢としては、到底将来の大オペラ作曲家が生まれるような家庭的雰囲気ではなかったのである。だが、偶然にも、彼が9歳の1806年に、当時ベルガモ大聖堂の楽長であったドイツ生まれの作曲家シモン・マイールが始めた「慈善レッスン」という名称の授業料無料の音楽学校に入学し、この良き師と巡り合ったことがその後の作曲家人生を始めるきっかけとなった。ドニゼッティの秘められた音楽才能を認めたマイールは彼にドイツ式作曲法・管弦楽法を教えたばかりか、自作のオラトリオの中でも歌わせるなどして歌唱法も身につけさせた。1811年には幼きドニゼッティが作曲した幾つかの曲も入った生徒の発表会用の小オペラでは主役を演じさせたこともある。その後、マイールは彼により高度な音楽を学ばせるため、ベルガモ市のカトリック系奨学金を受けられるように努力し、1815年から2年間ボローニャ音楽院に送ったのである。ボローニャ音楽院では、1700年代後半ヨーロッパ中に名を知られた大音楽家ジョヴァンニ・バッティスタ・マルティーニ師（通称マルティーニ神父）の友人兼高弟だったスタニズラオ・マッテイ神父の教えを受けた。

　その後、ベルガモの同じマイール門下で友人のバルトロメーオ・メレッリの台本による《ブルゴーニュのエンリーコ》（1818年、ヴェネツィアのサン・ルーカ劇場初演）でオペラ作曲家としてデビューした。1822年以降は、ローマ、ナポリ、ミラノの劇場のためにオペラを書き続け、1827年には当時でもっとも有名なオペラ興行師のドメニコ・バルバージャとサン・カルロ劇場のため3年間に12本のオペラ作曲契約を結ぶに至った。オペラ作曲家としての地盤を築き経済的な余裕ができたため、1828年には以前から知り合っていたローマの素封家の娘ヴィルジニア・ヴァッセッリと結婚。次いで、1830年12月のミラノのカルカーノ劇場での《アンナ・ボレーナ》の大成功により、オペラ作曲活動はますます活発になった。ましてや、1832年5月のミラノでの《愛の妙薬》、1833年のスカラ座での《ルクレツィア・ボルジャ》、1835年3月のパリでの《マリン・ファリエーロ》の上演、同年9月26日のナポリのサン・カルロ劇場での《ランメルモールのルチーア》の大成功により、《ルチーア》初演の3日前にパリで死んだヴィンチェンツォ・ベッリーニを継いで、イタリアのみならずヨーロッパを代表するオ

ペラ作曲家の1人に数えられるようになったのである。

だが、「禍福はあざなえる縄の如し」と言われるように、こうした大成功の蔭で家庭上の不幸が相次ぎ1829年には最初の子供を死産で失い、1836年には2人目の子供も産後数日にして失い、はては、翌年結婚生活僅か10年にして愛する妻までも失った。このような不幸の連続にもかかわらず、その後も、《連隊の娘》(1840年2月、パリ初演)、《ラ・ファヴォリータ》(1840年12月、パリ初演)、《シャモニーのリンダ》(1842年5月、ウィーン初演)、《ドン・パスクヮーレ》(1843年1月、パリ初演)ほかの名作を書き続けたのであった。しかし、この間にすでに以前から罹っていた梅毒が悪化し脳を侵しつつあったのである。この結果、1846年初めにパリで精神病院に収容されたが健康状態が回復せず、翌年末、思考混濁状態のまま生まれ故郷のベルガモに移送され、1848年4月、意識が回復することなく50歳半ばでの人生の幕を閉じたのである。

なお、《ランメルモールのルチーア》は、ナポリでの初演の4年後の1839年8月6日、パリのThêatre de la Renaissanceでフランス語のリブレットに翻訳されたものにドニゼッティ自身が曲に手を加えて上演された。今日でもフランスではフランス語で歌われることが多いが、言葉の制約上、音楽にはややイタリア語の原本オペラとは違ったところもある。

台本作家サルヴァトーレ・カンマラーノについて

カンマラーノは、ロマン主義リブレット作家の第一人者である。彼は、1801年、ナポリでリブレット作家としてはある程度知られた父親と、これまた、ナポリでは名前を知られていた歌手の母親の間に生まれた。また、叔父の一人にはプリチネッラ役として名声を博した俳優がいるという芸術一家であった。初めは、画家、ついで舞台演出家を目ざしたが、1825年頃サン・カルロ劇場の舞台係になり、1831年には舞台監督に昇進。1832年には最初のリブレットを書いたが、彼の奔放な生活態度とロマン主義的作風が当時ナポリを牛耳っていたオペラ興行師バルバージャの気に入られず、34歳のときドニゼッティのために書いた《ランメルモールのルチーア》で初めてオペラ台本作家としての地位を確立したのである。ドニゼッティのためには《カレーの攻防戦》(1836年)、《ピーア・デ・トロメイ》(1838年)、《ロベルト・デヴリュー》(1837年)、《ポリュート》(1848年)など合計8本のリブレットを書いている。また、ドニゼッティが作曲活動を止めてからは、ジュゼッペ・ヴェルディのために《ルイザ・ミラー》や《レニャーノの戦い》、《トロヴァトーレ》など4本を書いたが、この最後の作品の途中で1857年夏に急逝した。

ロマン主義のリブレット作家として名を知られたカンマラーノは、特に英国およびスペインの文学作品を土台にしたリブレットを書き上げるのが得意であった。

特に、《ランメルモールのルチーア》に見られるように、長い歴史物語をオペラ上の制約に合わせて極めて短くするばかりか、自分の舞台制作上の経験や画家を志したこともある資質を駆使して、オペラ上での劇的効果を作り上げるのに特別な才能を発揮した。また、同時に、女主人公に哀愁効果を集中させるのも得意であったといえよう。

実際、ウォルター・スコットの傑作の一つとは言えないこの原作を、カンマラーノの半ば創作とも言えるリブレットと、ドニゼッティのイタリアの伝統的ベル・カントの技術をフルに使うような作曲が、このオペラをイタリア・オペラの傑作の一つに押し上げたといっても過言ではあるまい。

《ルチーア》が誕生するまでの経緯と初演

ドニゼッティがこの傑作を書くようになった経緯や、どのくらいの時間を要したかなどについては詳しいことは分かっていない。ドニゼッティは、前年11月に契約したこのオペラのため1835年5月3日から妻と一緒にナポリの騒々しい下町にある建物の4階に住んでいたが、同日付のジョヴァンニ・リコルディに宛てた手紙には、サン・カルロ劇場の仕事のためにナポリに滞在するとは書いているが、まだどのような題材による作品であるかは知らなかったようだ。やっと、その半月後に友人にウォルター・スコットの『ランメルモールの花嫁』が題材であると伝えているがまだ台本作家については知らなかった。5月25日になってやっと粗筋と幕数と歌手の顔ぶれなどを知らされ、直ちに作曲者と台本作家が仕事に取り掛かったわけだ。とはいえ、作曲完成が7月6日とされているから、台本が出来上がるそばから作曲し続けたとしても約1ヵ月少々で仕上げたことになる。カンマラーノは、すでに1828年に出版されたフランス語訳を読んでいたに違いないし、前年の1834年に発表されたアルベルト・マッズカート作曲の《ランメルモールの許嫁》のピエトロ・ベルトラーメのリブレットを机の上に広げていたに違いないが、それにしても、その創作能力の非凡さとリブレットを仕上げる迅速さには驚嘆する。一方、ドニゼッティも騒がしい町の真ん中で、夏の暑さと持病の頭痛に絶えず悩まされながらの作曲であっただけに、こうした環境の中でこのような心理描写の細かいオペラを約1ヵ月で仕上げたとはその卓越した才能がうかがえよう。

ドニゼッティとカンマラーノは、初演に出る主役歌手の声の質や演技力を熟知した上でこのオペラを書き上げたと言われている。歌唱力・表現力・演技力の3つを同時に要求される主役のルチーア役には当時最高のソプラノ歌手ファンニー・タッキナルディ・ペルシアーニが、エドガルド役には「ド・ディ・ペット」(do di petto)の創始者として1800年代の歌唱史に名を残すフランス人名テノールのルイ・ジルベール・デュプレが選ばれていたのである。特にデュプレは、エ

ンリーコ役のバリトン歌手ドメニコ・カッセッリと一緒にドニゼッティのナポリの家に出入りしていたほどの仲だった。タッキナルディの声がどのようなものであったかは我々には推測するほかはないが、17世紀からロッシーニ、ベッリーニ、ドニゼッティのメロドラマ・オペラ時代を支配していたイタリア・ベルカント唱法の主軸であったコロラトゥーラ技法を身に付けた最高歌手の一人であったらしい。また、このソプラノ歌手は、甘い声の響きで有名であったばかりか、最高音まで出せるソプラノ歌手としては稀なる力強い声の持ち主として知られていたという。当時のある新聞記事によると、1835年9月26日の初演では、最後のアリア〈撒いてくださいね、少しばかり涙を〉を歌い終わったと同時に沸き起こった拍手に、ルチーア役になり切っていたタッキナルディ自身思わず泣き崩れ聴衆の「ビス（＝アンコール）」の要求に応えられず、かえってサン・カルロ劇場を埋め尽くした聴衆を興奮のるつぼに落とし入れたと言われる。また、タッキナルディの歌唱力と演技力の見事さに、客席から聴いていた当時の神話的大ソプラノ歌手マリブランが感激し、舞台に上がって祝福したばかりか、月桂冠の代わりに自分の髪を少し切って彼女の髪に結びつけたほどだったという。まさに、カンマラーノとドニゼッティはこのソプラノの歌唱力と演技力を頭においてこのいわゆる「狂乱物オペラ」の最高傑作を書き上げたといっても過言ではあるまい。

ウォルター・スコットとイタリア・オペラ

　英国ロマン主義派の作家サー・ウォルター・スコット（1771～1832）の、スコットランドの歴史と荒々しい自然を背景とし、しかも人間心理をリアルに描くと同時に恐ろしい亡霊なども入り交じる作品は、瞬く間にヨーロッパに広まり、古典主義の未だ強いイタリアでも早くから愛読されていた。

　これは、ロッシーニがすでに1819年にナポリのサン・カルロ劇場のために、スコットの物語詩『湖上の美人』（1810）から取った同名のオペラを、たとえスコットの原作とはかなり違った自分流に変えたものであるにせよ、上演していたことでもよく分かるであろう。その後、1820年代にスコットの数々の小説のイタリア語訳が出回るにつれ、オペラ界でもこの作家の小説から題材を取ることが流行し、ドニゼッティ自身も1829年にスコットの『ケニルウォース城』から題材を取った同名のオペラをサン・カルロ劇場で上演している。そればかりではない。ドニゼッティが1835年に作曲した《ランメルモールのルチーア》より前に、たとえ、ドニゼッティのような成功は得られなかったにせよ、同じ題材からすでに3人がオペラ用に作曲していたのである。つまり、1829年にはミケーレ・カラファが、1831年にはルイジ・レイスキが、1834年にはアルベルト・マッツカートがそれぞれ同名のオペラを書いていたのである。以上からも、英国ロマン主義作家スコットの作品がいかにイタリアで流行っていたかがお分かりいただけよ

う。

　最後にこの本を出版するにあたり、綿密なる校正と細かいご注意をいただいた音楽之友社前出版部長石川勝氏に心から御礼を申し上げる次第である。

2010年6月6日　ローマの自宅にて
坂本鉄男

訳者紹介

坂本鉄男（さかもと・てつお）

1930年神奈川県生まれ。東京外国語大学イタリア科卒業。東京芸術大学講師、東京外国語大学助教授を歴任後、国立ナポリ大学〝オリエンターレ〟政治学部教授、2002年同大学を退官後もイタリア在住。日伊文化交流への功績によりイタリア共和国コンメンダトーレ勲章、日本国勲三等瑞宝章受章。
著書に『伊和辞典』（白水社）、『和伊・伊和小辞典』（大学書林）、『イタリア語入門』『現代イタリア文法』（白水社）、『イタリア歴史の旅』（朝日新聞社）、訳書に『オペラ対訳ライブラリー・シリーズ──プッチーニ：トスカ』『同──ヴェルディ：椿姫』『同──ロッシーニ：セビリャの理髪師』（音楽之友社）など多数。

オペラ対訳ライブラリー
ドニゼッティ ランメルモールのルチーア

2010年10月31日　第1刷発行
2023年9月30日　第7刷発行

訳　者　坂　本　鉄　男
発行者　堀　内　久美雄

東京都新宿区神楽坂6-30
発行所　株式会社　音楽之友社
電話 03(3235)2111(代)
振替 00170-4-196250
郵便番号　162-8716
https://www.ongakunotomo.co.jp/
印刷　星野精版印刷
製本　誠　幸　堂

Printed in Japan　　　　　　　　　　　装丁　柳川貴代
乱丁・落丁本はお取替えいたします。

ISBN978-4-276-35572-9 C1073

この著作物の全部または一部を権利者に無断で複製（コピー）することは、著作権の侵害にあたり、著作権法により罰せられます。

Japanese translation ⓒ 2010 by Tetsuo SAKAMOTO

オペラ対訳ライブラリー(既刊)

ワーグナー	《トリスタンとイゾルデ》 高辻知義=訳	35551-4
ビゼー	《カルメン》 安藤元雄=訳	35552-1
モーツァルト	《魔笛》 荒井秀直=訳	35553-8
R.シュトラウス	《ばらの騎士》 田辺秀樹=訳	35554-5
プッチーニ	《トゥーランドット》 小瀬村幸子=訳	35555-2
ヴェルディ	《リゴレット》 小瀬村幸子=訳	35556-9
ワーグナー	《ニュルンベルクのマイスタージンガー》 高辻知義=訳	35557-6
ベートーヴェン	《フィデリオ》 荒井秀直=訳	35559-0
ヴェルディ	《イル・トロヴァトーレ》 小瀬村幸子=訳	35560-6
ワーグナー	《ニーベルングの指環》(上) 《ラインの黄金》・《ヴァルキューレ》 高辻知義=訳	35561-3
ワーグナー	《ニーベルングの指環》(下) 《ジークフリート》・《神々の黄昏》 高辻知義=訳	35563-7
プッチーニ	《蝶々夫人》 戸口幸策=訳	35564-4
モーツァルト	《ドン・ジョヴァンニ》 小瀬村幸子=訳	35565-1
ワーグナー	《タンホイザー》 高辻知義=訳	35566-8
プッチーニ	《トスカ》 坂本鉄男=訳	35567-5
ヴェルディ	《椿姫》 坂本鉄男=訳	35568-2
ロッシーニ	《セビリャの理髪師》 坂本鉄男=訳	35569-9
プッチーニ	《ラ・ボエーム》 小瀬村幸子=訳	35570-5
ヴェルディ	《アイーダ》 小瀬村幸子=訳	35571-2
ドニゼッティ	《ランメルモールのルチーア》 坂本鉄男=訳	35572-9
ドニゼッティ	《愛の妙薬》 坂本鉄男=訳	35573-6
マスカーニ レオンカヴァッロ	《カヴァレリア・ルスティカーナ》 《道化師》 小瀬村幸子=訳	35574-3
ワーグナー	《ローエングリン》 高辻知義=訳	35575-0
ヴェルディ	《オテッロ》 小瀬村幸子=訳	35576-7
ワーグナー	《パルジファル》 高辻知義=訳	35577-4
ヴェルディ	《ファルスタッフ》 小瀬村幸子=訳	35578-1
ヨハン・シュトラウスⅡ	《こうもり》 田辺秀樹=訳	35579-8
ワーグナー	《さまよえるオランダ人》 高辻知義=訳	35580-4
モーツァルト	《フィガロの結婚》改訂新版 小瀬村幸子=訳	35581-1
モーツァルト	《コシ・ファン・トゥッテ》改訂新版 小瀬村幸子=訳	35582-8

※各品番はISBNの978-4-276-を略して表示しています